तीन नाटक

राहुल सांकृत्यायन

प्रभाकर प्रकाशन

HB ISBN: 978-93-56829-94-7
ISBN: 978-93-56825-95-6
eISBN: 978-93-56828-16-2

© प्रकाशकाधीन

प्रकाशक: प्रभाकर प्रकाशन
प्लॉट नं.-55, मेन मदर डेयरी रोड
पांडव नगर, ईस्ट दिल्ली-110092
फोन: 011-40395855
व्हाट्स ऐप: +91 9319228272
ई-मेल: sales@pharosbooks.in
वेबसाइट: www.prabhakarprakashan.com

प्रथम संस्करण: 2024

मुद्रक: सुषमा बुक बाइंडिंग हाउस ओखला इंडस्ट्रियल एरिया फेस-II, नई दिल्ली-110020

तीन नाटक
राहुल सांकृत्यायन

अनुक्रम

मेहरारुन के दुरदसा

नाटक के खेलाड़ी

लछिमी	मुखिया लाइकी
जसोदरा	लछिमी के सखी
सीता	लछिमी के सखी
रामकली	लछिमी के मतारी
सूखा	गाँव भर के फूआ
ऊधो परसाद	लछिमी के भाई
रामखेलावन लाल	बुरबक दुलहा
फरगुद्दी उपधिया	बुरबक दुलहा

अंक 1

(गीत गावल जाति आ)

एके माईबपवा से एक ही उदपरवा में,
दूनो के जनमवाँ भइल, रे पुरुखवा।
पूत के जनमवा में नाच आ सोहर होला,
बेटि के जनम परे सोग, रे पुरुखवा ।।1।।
धनवा धरतिया प बेटवा के हक होला,
या के किछुवो ना हक रे पुरुखवा।
मरदा के खइला-कमइला के रहता बा,
तिरिया के लागेला केवाड़ रे पुरुखवा ।।2।।
खेवे के रणपवा जिनिगिया भर परी ओके,
लइकें जे मरदा मुअल, रे पुरुखवा।
तिरिया के मुवले त बतिये कवन पूछा,
जिअते सवतिया ले आवे, रे पुरुखवा ।।3।।
अँखियै के देखते पतुरिया ले रखले बा,
मार-गारी बेला दिन रात, रे पुरुखवा।
ओहि रे खसुरवा मरदवा के किछु नाहीं,
तिरिया के भकसी झोंकावे, रे पुरुखवा ।।4।।

(सीता, लछिमी, जसोदरा, तीनिगो जुवान लड़की बइठिके बतियावत बाड़ी)

सीता : जसोदरी! आज त तोर गोड़े धरती पर नइखे पड़त?

जसोदरा : भतीजा भइल ह नु सीता ! तू नइखू जानन? भइया के तीनिगो बिटियै भइल रहलीं सन्, से आज घर में बेटा भइला से माई के खुसिहाली के त पुछबै मति करा।

लछिमी : आ तोहरा खुसिहाली के देखिके त बुझात आ जसोदरा! जनु तीनों तिरलोक के राज तोहरे के मिलि गइल ह।

जसोदरा : भतीजा नु भइल ह लछिमी बहिन।

लछिमी : आ तीनों भतिजिया जब भइल रहलीं तब्बों एइसने खुसिहाली भइल रहे? तब्बो तोहरा घर में सोहर गवाइल रहै?

जसोदरा : तू कौनो आन मुलुक से आइल बाडू दीदी! बेटी के जनमला पर नानु सोहर गवाला।

लछिमी : मेहरारू के जनमला पर सोहर ना गवाला, खुसिहाली ना मनावल जाला, बलुक उलटे घर पर सोग उदासी छा जाला, मालूम होला जनु घर के केहु मरि गइल बा। आ मरद के जनमला पर ई सोहर, ई नाच, ई बाजा गाजा! जसोदरा! तोहरा कब्बों मन में ना आवै, काहे बेटा-बेटी भै मरद मेहरारू के ई दु आँख से देखल जाला।

जसोदरा : इहै सनातन से चलि आइल बा दीदी!

लछिमी : सनातन से चलि आइल रहै सत्ती होखला। सौ बरिस भइल ह, बन्न भइला, नाहीं त बड़का जाति में एक जनमियों में सौ गो बेवा में दसे-बारहगो जोयै पावत रहलीं, बाकी कुलि आगि में झोंकारिके मुवा दीहल जात रहलीं। साल में एक-एक गाँव में दस-बीस गो मेहरारू जियते जरावल जायँ। देस भर में हर साले दस लाख से कम मेहरारू न जरावल जायँ।

जसोदरा : दस लाख दीदी!

लछिमी : आ पनरह सौ बरिसले सत्ती के नावें मेहरारू जरावल जात रहलीं, हिसाब लगावा कै करोड़ कै लाख हमनी के जाति के मेहरारू मुवाइल गइलीं।

जसोदरा : दस लाख के हिसाबे डेढ़ अरब आ एको लाख मानल
जाये त पनरह करोड़ सत्ती भइलीं दीदी?

लछिमी : सत्ती मति कहा जसोदरा बबुनी। अदिमी के आगि में जरावै
के कैसन निम्मन नावें धइले रहल ई मरद लोग।

जसोदरा : लछिमी दीदी! लोग कहत-आ कि अपना खुसी से मेहरारू
आग में जरि जास।

लछिमी : कब्बों भउर पर गोड़ परल बा जसोदरा बबुनी!

जसोदरा : एक बेर कराही में पूड़ी डारै में घिउ उछरि परल रहे
दीदी! एही दहिना हाथ में। आलू पीसि के बान्हल गइल,
केतना-केतना दवाई कइल गइल। आजो ऊ दुख मन
परेला त आँख में लोरि आबे ले दीदी!

लछिमी : दुख दरद के समुझावे के होला त कहल जाला, "देहि में
आग लागल बा" "करेजा में आगि लागल बा।" आगि
लगला से बसी दूसर दरद नइखे। अजानै विख दे के
मुऔला में अदिमी के किछु ना बुझाई, मुदा पुरुख जाति
हमनी के मुवावै खातिर विखकै दिहल ना पसन्न कहले।

सीता : ऊ चहले दीदी! कि जौना तरे से बेसी से बेसी तकलीफ
होय ओहि तरे से एकनी के मुवावै के चाही। विख से भै
तरुवार से दुटुक काटि देहला में ऊ दुख ना नु होखे।

जसोदरा : त सीता दीदी ई त सोरहो आना कसैपन रहल हा।

लछिमी : जसोदरा बबुनी! हिनतान के पुरुख जाति के गुन गावे
वखत ई मन में रखिहा, कि ई उहै लोगवा ह जे डेढ़ अरब
मेहरारुन के सबले निधिन, सबले बाउर, सबले सासत के
मौवत मरलसू। डेढ़ अरब मेहरारुन के हतिया एही मरद
लोग के गरदन पर बा।

सीता : आ देखावे खातिर पोथी में लिखि देलनू कि बच्चा आ
मेहरारू के ना मारै के। "छप्पन मूसा मारि के बिलाई भइलीं
भगतिन" इहै कहाला।

लछिमी : तोहरा भतीजा से हमरा के कौनो दुसमनागत नइखे जसोदरा
बबुनी! बाकी जब बिटिया के बखत सोग मना के बेटा
के बखत सोहर गावे के मेहरारू एखट्टा होली, त हमरा
बूझि पैरला, कि डेढ़ अरब मेहरारुन के आग में झोंकारि के
मुऔला के बधावा हमनी गावतानी ।

जसोदरा : लछमी बहिन्! हमरा मन परत-आ कराही के घिउआ से
आपन हाथ जरला के दुख फेनु ऊ डेढ़ अरब मेहरारुन के
छटपटा छटपटा मूअल।

सीता : जेकरा चारो ओर मरद डंडा लेहले खड़ा रहें, कि ज
आखिर बेर कतहूँ जिउ बचावे चहलस, त ओके भगहू के
ठाँव ना मिले।

लछिमी : ऊ काहेके कहत बाड़ू सीता! अबहिनो केतना जाति में
लइकिन के जनमतै मुवा दीहल जाला, हाँ, आगि में
झोंकारिके ना! मरदा कसैवा के हाथ में होइत त ऊ उहै
करित, बाकी ई काम मेहरारू से लेल जात-आ, मरद
कसाई मेहरारू के कसाई बनावत-आ। सोचा मतारी के
करेजा। पसु-पंछी में ऐसन मतारी मिलल दुरलभ बा, जे
अपना बच्चा के मुवावत देखी।

जसोदरा : आ मेहरारू बेटी के अपने हाथे मुवावेले?

लछिमी : हाँ, बबुनी! बाकी परबस परिके मरद के राज हवै, मरद कै
हुकुम ना मनला से ओकर गुजारा कैसे होई? एही खातिर
मेहरारू आपन दयामया छाड़ि के जनमतै बेटी के मुआ
देले। हाँ, मुवावै में तनी छोहि देखावै ले, आगि में ना जरा
के नून मै खैनी चटा देले, चाहे नार नाक-मुँह पर धै देले,
जौना से साँस बन्न होके बचिया मर जाये। एकरा साथे
दु-चार बुन्न लोरो गिरा देत होई।

जसोदरा : घर कै मेहरारू ऐसन होई, ई हमरा बिसवास न रहल ह
दीदी!

लछिमी : मुदा ई मेहरारू कै मतारीपन छोड़ावल पुरुख कै काम ह
जसोदरा! आज के दुनिया में मेहरारू हाथ-गोड़ बान्हि के
मरद के समने पटकि दीहल गइल बा। ओकर आपन किछु
नइखे।

सीता : धरम करम कै पोथी समुच्चा मरद के बनावल हा, जौना
में मरद लोग हमनी के खेलाप हनि हनि के कलम चलौले
बा। ई त सात समुन्नर पार से दूसर जाति के लोग, आइल,
जे सती-ई जियतै मेहरारू के जारल-बन्द कइलस्। जनमतै
बिटिया के मुअब हूँ के रोकै-थामै के बड़ कोसिस भइल
बा, तीनो पर कतहूँ कतहूँ ऊ चलि रहलबा। पोथी-पतरा
के धरम कै चलल होइत त आजिले सत्ती ना बंद भइल
होइत।

जसोदरा : सबसे बेसी धरम-करम हमनिये करीले। हमनी एतना
बरत-उपास ना केहू करे, ना साधु बराभन के दान केहु देय।

लछिमी : दु अच्छर जे पढ़े के मिलल बा जसोदरा! इहौ पोथी में
बरजित हा। अबहूँ देखा लइकिन में कइगो पढ़ावल जालीं।

सीता : लइकन के पढ़ावै में करजा कुवाम करेके बाप लोग तयार
रहेला बाकी हमनी के पढ़ावे में कानियो कौड़ी खरच कइल
जबूनै बुझाला। कहैला लोग कि का ई पढ़ि के मंसी-दरोगा
होइहैं।

जसोदरा : सीता दीदी! जे हमनी के बेटा लेखा पढ़ कै सुबिहिता
होइत, आ मंसी दरोगा होये कै मोका मिलित, त हमनी
केहू से पाछे ना रहतीं दीदी!

लछिमी : ई साँच हा बबुनी! बाकी जबले बेटवन के भइला में
सोहर गाके हमनी अपनै सोर काटब, तब ले कौनो मौका
न मिली। ई त किछु बाबू भइया लोग जे बिटिअन के
पढ़ावत-आ, ओहू में दूसरे मतलब बा।

जसोदरा : कवन मतलब बा दिदिया?

लछिमी : पढ़ल-गुनल लइका मुरुख लइकी से बियाह नइखै करै चाहत एही से तिलक-दहेज लखा पढ़ौहू कै चाल भइल हा।

सीता : आ देखलू नु जसोदरा! हमरा टोला-महल्ला में देवकलिये नु सोहर, गारी गावे में सबसे फरकोर बाड़ीं?

जसोदरा : हाँ, दीदी! ऊ सोहर में त अदबदाय के चहुँपल रहेलीं।

लछिमी : मेहरारुन कै महिमा हेठ कइला खातिर ई मरदन के जीत के गीत गावल हा अउरि किछुओ ना।

जसोदरा : त हमनी के सोहर ना गावै के लछिमी दीदी!

लछिमी : ई सोझै दु आँखि से देखल बानू?

जसोदरा : बा नु, नाहीं त बिटियौ के जनमला में सोहर गावे के चाहीं।

लछिमी : मेहरारू सोहर गाव के छोड़ि दी, त इनरासन गरम होखे लागी। हमनी के भागि अपना हाथ में नइखे, हमनी के नाक छदाइल बा, जौनी में मरद सोना के नाथ पहिरौले बाड़ें।

सीता : रसरी के होइत त हमनी तुरियो फेंकती मुदा मुरुखपन, हमनी सोना के लोभे ऊ नथेल नाकि में पहिरले फिरतानी।

जसोदरा : त हुई सोहर गावै के का कहतबाड़ू लछिमी दीदी।

लछिमी : हमनी के सोहर एक्को इयादै ना करैके, न रही बॉस न बजी बाँसुरी।

जसोदरा : ई निम्मन कहत बाड़ू, दीदी?

लछिमी : मरद हमनी के एक-एक तरे से जकड़बंद कइले बाड़न्? खेलौना में देखा, हमनी के छिपिया-मउनिया, जाँता चूल्हा, गुड़ुवा-गुड़िया कै खेलौना मिलेला औ लड़कन के तीर-धनुही, घोड़ा-हाथी, गुल्ली-डंडा। एहू के भीतर भेद बा जसोदरा बबुनी!

जसोदरा : कवन भेद बा लछिमी दीदी!

लछिमी : इहै जे पुरुख लइकैयें से अपना भुजा पर भरोसा करें, हियाव आ विरताई सीखें; आ हमनी मेहरारुन के मन में बइठि जाये कि हमनी के करम में खाली जाँता-चूल्हा बा।

जसोदरा : बाकी ई बतिया ज मेहररुअन के कहल जाय, त उहौ मरही धउरिहैं।

लछिमी : ई नइकी बात नइखै। राजा बाबू लोग गरिबबन के पीटै खातिर गरिबने के पोसि के राखैला। एही तरे मरद लोग मेहरारुन के दबावे खातिर मेहरारुन के गोइन्दा रखले बा।

जसोदरा : लछिमी बहिन! हमनिओकै कबहूँ दिन लौटी?

लछिमी : दिन लौटल ठीक कहत बाड़ू जसोदरा बबुनी। एक दिन रहे जब मतारी मेहरारू के राज रहे ई बात हेई धरम-करम के पोथी में नइखे, ई पोथी त हमनी की आँखि में धूर नु झोंकै के बनल बा।

जसोदरा : हाँ, त पहिले मेहरारुन के राज रहल?

लछिमी : राजा-रानी लेखाँ राज मत समुझिहा। ऊ राज पंचैती ऐसन रहै।

जसोदरा : से राज उलटि कैसे गइल?

लछिमी : मेहरारू के रोजी मरद चलावे लागल, ओही से।

जसोदरा : त जब ले मेहरारू मरद के कमाई खात रही तबले ऊ मरद के चेरि बनि के रही?

लछिमी : हाँ, एमें तनिको झूठ ना हवे।

सीता : देखीं नु हमार माई बाबू जी से कम नानु खटैले। बाबूजी दस बजे से चारि बजे ले छहः घंटा इसकूल में पढ़ावे जालें, ना माई दु घड़ी रात रहैले तबै से उठ के आधी रात ले रसोई, चौका बासन, कूटल-पीसल केतना काम करत रहैले, बाकी बाबूजी के छ घंटा पढ़ावल काम समुझल जाला, माई के अठारह घंटा खटल, कौनो गिनती में ना हवे।

लछिमी : आज दुनिया भर में खाली रूस के मेहरारू मरद के चेरि नइखीं। से कैसे? एही से कि ऊ मरद के दीहल लूगा-कपड़ा ना लेलीं।

(परदा गिरि गइल)

अंक 2

(गीत गावल जाति-आ)

हम चेरी करीं दिन भर टहलवा ॥

हमरे से जेकर जनमिया करमिया,

सेई ही भइल हमरा से फुटलवा।

गुंगवा के चुमि चुमि बोलिया सिखौलीं,

से रखले हमरा के बलेलवा ॥

बारे से परदा घुँघटवा कढ़ौलै,

घरवै भइल हमनी के जेहलवा।

दुधवा के पी पहलवनवा बनल जे,

सेही कहे हमरा के अबलवा ॥

जिभिओ चलावै ओ हथवो चलावै,

से देखि के हँसै लागै महलवा।

राजौ धरमवौ में मरदै के चलती,

हामर नहीं केहु मानै कहलवा ॥

ढोल औ पसू समतुलवा जे भइनीं,

इहँवा खसूर हमनी के दबल बा।

ढहलै पुरनका नौका उठत बा,

ई आहल हमनी के समलवा ॥

(टेसन से रेल चलि गाइल, गोड़ के झाँझर झन-झन करते दु-गो दुलहिन समुच्चा अंग ढँकले ठाड़ बाड़ीं दु-गो मरद आ के एक नजर देखि के एगो

मेहरारू के एक, दुसरकी के दूसर चादर के खूँट धै के ले चलल। ओकनी के निकरि गइला पर एगो मरद आवत आ। उहाँ केहू मेहरारु के ना देखि के छाती पीटत आ।)

मरद : हाइ, हम लुटा गइनी, हाइ! केहु देखला ह भइया! ललकी चादर ओढ़ले हमार मेहरारू हेही ठाढ़ रहल हा। ए दादा! हम समान उतरावै लगनी हा, एही में ना जानी कहाँ अलोप हो गइल।

लछिमी : अलोप हो गइल मुरुख जपाट राम! हेंहों दुगो मेहरारू लाल चादर लाल लुग्गा ओढ़ले-पहिरले ठाढ़ रहलीं, आ दु गो मरद चुपैचाप एक-एक के चादर धैके, बकरी कै कान पकड़ला लेखा, ले गइलै हा।

मरद : ए माई-बहिनी! ओमें एगो मेहरारू हमरो रहलि हा। कौना ओर ले गइल हा? तनी केहू बत्तावा ए दादा। हमार सात पुहुत के इजत चलि जाई।

(छाती पीटत-आ)

लछिमी : त सात पुहुत के ईजत बोरा में कस के नु ले आवे के चाहते रहल हा?

मरद : एको अँगुरी के पोरो न लौकत रहल हा, ए दादा! केहु देखले होखै, त बतावा। कौना और हतियरवा ले गइल ह?

लछिमी : एगो पुरुष आ एगो पच्छिम गइल।

मरद : अपने बड़ सग्यान बुझातानी, अपनेहीं बताई, हम कौना ओर जाई?

लछिमी : जहबा, आ जे असल मेहररुआवाला मरदवा भेंटाइल आ ओकरा के तनिको टोकला, त हाड़गोड़ एक्को न छोड़ी।

मरद : (छाती पीटि के) हे भगवान्, कहाँ गइल मोर इजतिया! कवन मुँह लेके जायेब घरे, गवना लेआवत रहनी हाँ। हे दादा केहू मदत करिहा, गरीब कायथ लुटा गइल।

लछिमी	:	कयथन किहाँ त किछु कम परदा होला ?
मरद	:	हमरा घर पंचुआ हा, हम सहर में ना रहीले।
लछिमी	:	त केहू के साधे न लेआवै के चाहत रहल हा?
मरद	:	ए दादा। हम आठि आना में बियाह कइनी। हम अगुआ के कहि देहनी कि बियाह करै के होइ ता करा, बाकी, रामखेलावन लाल आठ आना से बेसी ना खरच करिहें।
लछिमी	:	त जाये दा, आठै आना नु नोकसान भइल।
मरद	:	ए दादा ! हमार लाख रुपया के ईजत बिगरि गइल।
लछिमी	:	लाख रुपया आँखों से देखले बाड़ा, जे लाख रुपया के ईजत बिगरी। (एही बीच में सीता जलदी जलदी में आ के बोललीं)
सीता	:	लछिमी दीदी! एगो दुलहिन गरियार बैल लेखाँ ठाढ़ भइल बा मरदवा चादर धैके चलै के कहतआ, बाकी ऊ हिलत नइखे।
लछिमी	:	उठा रामखेलावन लाल! तोहार त भाग खुलल, अब ऊ आपन भाग ठोंके। उठा अबेर मति करा।

(सीता अ लछिमी के पाछे-पाछे लोर पोंछत रामखेलावन लाल चललें मंच के आड़े गइला पर, एगो मरद आ एगो दुलहिन उहाँ आके ठाढ़ हो गइलें। मरद चादर तानत आ, मेहरारू धप से बइति जाति-आ। एही बखत सीता आ लछिमी के पाछे रामखेलावन लाल चहुँपि जात बाड़न।)

रामखेलावन लाल	:	(देखते) ए दादा ई हमरे मेहरारू हा।
लछिमी	:	मुँह देखबे ना कइला, तोहार मेहरारू कैसे?
रामखेलावन	:	ई हमरे चदरिया ह?
लछिमी	:	धत् झुट्ठा कहीं के! आठ आना में चादर मिली?
रामखेलावन	:	कनियवाँ के बाप देहले रहल हा।
लछिमी	:	(दुसरा मरद से) ई तोहार मेहरारू हयीं?
मरद	:	हाँ, बबुई जी !

लछिमी	:	कैसे चीन्हत बाड़ा?
मरद	:	काहे, ई ललकी चादर हमार कीनल बेसहल हा।
लछिमी	:	हई रामखेलावन लालो कहत बाड़ें कि ई चादर हमरा ससुर के दीहल हा।
मरद	:	हमार नाँव फरगुद्दी उपधिया हा, माधोपुर घर हा। कायथ कथुल्ली जे मुँह से फेनु ई बाति दोहरौले त हाड़-गोड़ एक्को न छोड़ब, बदमास कहीं के।
रामखेलावन	:	(आसते से) छोड़ दीं ए बबुई जी! हमरा करम में ना रहल हा बाम्हन रार करे के तयार बा।
फरगुद्दी	:	रार के नाँव लेबा, देखाई तोहरा के (धोती खूँटि के पैंतरा बान्हत डंडा भाँजि के), ठाढ़ न रहा मामा!
रामखेलावन	:	जाये दीं हमरा बाप के अपना बाप के सार बनौले, किछु औरिउ मुँह से निकारी। हम जातानी, ए बबुई जी!
लछिमी	:	तनी भर ठहरा। (फरगुद्दी से) उपाधिया जी! अपने बराभन नु हवीं।
फरगुद्दी	:	(सानत हो के) हाँ बबुई जी! हम उपाधिया हवीं निम्मन बराभन।
लछिमी	:	आ कनिया के कहाँ से विदा करा के ले आवतानी?
फरगुद्दी	:	सीतलपुर से, हमरा ससुरारै के घर में टेसनियो बाटे।
लछिमी	:	घर में टेसन?
फरगुद्दी	:	जीभि लटपटा गइल हा बबुई जी! वहीं गाँवें में टेसन बा।
लछिमी	:	बाकी उपधिया जी। जे अपने के घरे कायथ के बेटी दुलहिन बनि के जाय त लोग राखी?
फरगुद्दी	:	राम-राम बबुई जी, हमरा उपधिया बराभन के घरे कायथ के बेटी दुलहिन बनि के जाई, त चउकठ के भीतर माई ढुके दी?

लछिमी	:	रामखेलावन लाल! बुरबक अदिमी के मेहरारू गुम हो गइल बा। का जानी भलेखा में तोहरै न दुलहिन बनि गइल होय, एसे हम हिनकरा से पूछि लीं त, कौनो हरज बा?
फरगुद्दी	:	(आपन बोली सुनतै दुलहिन के गोड़ गड़ा के खड़ा होखैके बात मन पड़तै फरगुद्दी के काठ मारि गइल, बड़ जोर लगा के कहलें) हाँ, देख लीं बबुई जी!
लछिमी	:	(बइठ के घुँघुट में अपनो मुँह डालिके किछु बतियौलीं फेनु बोललीं) ई कोपा समहुता टेसन से चढ़लीं हाँ, समहुता के राम-पदारथ लाल कै बेटी हवीं। अपना मरद के नाँव नइखी बतावति, अपने दूनों अदिमी बूझि लीं, कि ई केकर दुलहिन हवीं।
फरगुद्दी	:	(डंडा हाथ से गिरि गइल, देह काँपै लागल, रोआइन मुँह क के बोललन)–कवन डंका देहले रे दैया! तीन बिगहा कसकारी बेंचि के हजार में किनले रहनी हाँ। हाई बप्पा! कहाँ ढूँढ़ी।
लछिमी	:	उपधिया जी! एजनी बप्पा दैया कहले से काम ना चली हमरे समने एगो अउरो अदिमी आइल, उहै दुसरकी दुलहिन के ले गइल। रामखेलावन लाल! समहुता के रामपदारथ लाल तोहरे नु ससुर हवें?
रामखेलावन	:	हाँ, ए दादा! हाँ बबुई जी! अपने देवता बानीं।
लछिमी	:	उपधिया जी! इहाँ अगोरला से ना काम चली। बिसवास ना भइल होय, त अउरिउ देखीं। रामखेलावन लाल हेने हमरा दहिने ठाढ़ होइहा त (रामखेलावन आके सिटुकिके ठाढ़ हो गइलें) उपधिया जी! अपने ओही ठाढ़ रहीं। रम पदारथ के बेटी! लाज-सरम करै के होय, त फरगुद्दी के साथे जा, आ माधोपुर में झाड़ू-लवदा खइहा, नाहीं त हमरा दहिने रमखेलावन लाल खड़ा बाड़ें, एनकरा पंजरा

में आ के खड़ा होजा। (दुलहिन लाल चादर में लपिटाइल रमखेलावन लाल के पजरा ठाढ़ हो गइल।)

फरगुद्दी : हे दैया! एहि राति के एकमा में कहाँ खोजीं?

लछिमी : रामखेलावनै के उप्पर डंडा ताने के रहला, खोजा भे उफ्फर परा।

(कपार पर हाथ धइले फरगुद्दी चलि गइलन्)

लछिमी : आ रामपदारथ के बेटी! आपन नाँव बतावा त? (चुप देखि के), बोलाई फरगुदिया के? बोलाव रे सितिया बबुनी! ओही के समुझा दीहल जाउ कि केतनो ई अपना के कायथ के बेटी कहस कहि दी कि फरगुद्दी के पाकल बार देखि के पखंड कइले बिया।

रामखेलावन : (झट से धरती में बइठि के लछिमी के गोड़ परमूँड़ धके)— हे भगौती! अपने कालीमाई होइके हमार सहाय भइलीं हा।

सीता : जबान सम्हार के बोला रामखेलावन! हमार दिदिया काली नइखी, इ गोर आग ऐसन चमकति-आ।

रामखेलावन : खसूर माफ करा हे धरमावतार! अपने हाथे दीहल ईजत अपनेहि हाथे मति बिलुवावा। रामखेलावन के एही एकमै में इनार-कुआँ देखे के परी।

लछिमी : इनार कुआँ ना, धुरदह के पुल मिली उहै रहता में, परसासे एने; पुल तरे पानियो पूरा बा। बोलाव सितिया! फरगुद्दी पधियवा के, ले जाउ गुंगिया के मधवैपुर।

रामखेलावन : (सीता के चलत देखि, गोड़ पर कपार पटकि-पटकि के हाँफत-हाँफत) तनी भर ठाढ़ होख, हम बोलवा देतानी (रोवत) तनिके भर। (सीता ठाढ़ भइलीं)

लछिमी : हेई गुंगिया अबहिनों चुप बा।

रामखेलावन : हम बोला! देतानी ए दादा! नउवाँ बोल दा हो, नाहीं त फरगुदिया कसाई ह कसाई। (चादर के भीतर सुगबुगाइल

लेकिन चुप देखि के), नउवाँ बोलि दा, बोलि दा हो दादा! हाइ! हम काहे रमपदरथा के फेर में परनीं हमरौ ईजत लेहलस्।

लछिमी : सीता! ई ना बोलिहैं, फरगुदिया टेसन के बहरा ना भइल होई, अपना कुल्ली से बोलु, कि "फरगुद्दी के दुलहिन मिलि गइल" कहिके गोहरावा।

(दुलहिन धप से भुँइ में बइठि के चादर के भितरै से लछिमी कै गोड़ छानि लेहलीं।)

लछिमी : उहुँक, एसे काम ना चली ए रामपदारथ के बेटी! आपन नाँव बतावा। (चादर में से किछुओ सांय-सांय के अवाज) साँय-साँय से तोहार नाँउ ना मालुम होई, जोर से बोला, जौना से हमरा कान ले ऊ चहुँपउ (फेनु तनी जोर से साँय-साँय) जा सीता। ई मुँका के हमार कपार खा जइहैं।

रामखेलावन : (हाथ जोरि के) हम बतावतानीं, एकर नाँउ सुभगिया ह।

लछिमी : (ओठै पर हँसी रोक के) उहुँक, तोहरा कहला के कवन ठेकाना?

रामखेलावन : (निराश होके) रामपदारथ के बेटी! लाज छाड़ि के नाँव बतावा, नाहीं त रामखेलावन हइहै धुरदह के रहता धरत बाड़ें फेनु जिनगी भर रणापा खेइहा। हा भगवान! हम का जानत रहनीं, कि आठ आना में जिउ लेवै के बियाह हीत्-आ। (अबकी आवाज साफ बाकी काँपत निकसल) "सुभगिया।"

लछिमी : अच्छा ई त भइल सुभागो! ठाढ़ होइ जा। हई एतना जे सासति दुरगति भइल हा, ई एही घुघुटवे खातिर नु तनि अँखिया लौकै भरके एके खोलै दा (कहि के लछिमी घुघुट खिसकाय के नाक आँख खोल लेहलीं!)

(परदा गिरत-आ)

अंक 3

(लछिमी के मतारी रामकली रमनामा ओढ़ले मौनी में सालिगराम के राखि के तुलसी-चन्नन, धूप-देहलीं फेनु, घंटी बजावत आरती उतरलीं। लछिमी आ ओनकर सखी सीता आ के दूनो हाथ से आरती ले के कपारे चढौलीं। रामकली माला जपै के तयारी करै लगलीं। एही बखत लछिमी बोललीं।)

लछिमी :   हमहूँ ए गो अहतुति सिखनीहाँ माई ! सूरसागर से। तें माला
जपु हम अहतुति गावत बानी। (लछिमी गावति आ)
साँचे तू बोला हमरा देवतवा।

जुग जुग से टेरनीं तनिको न सुनला,
रहि गइला खाली अपने लेवतवा।

अरबन तिरियवा सीसओ चढ़ौलीं,
तबहूँ न कइला तनिको मदतवा ॥

चलतै चलत कहूँ ठावों न पावल,
झूठै त नइखे तोहरा रहतवा।

एक-एक के बतिया उलटै सुनावत,
अन्हरन के पाछे अन्हरा चलत बा॥

आपन जे बुधि बल तनिको सम्हरले,
टारीं ते करमों कै रेखवा टरत बा।

बीतल कुदिनवा आइल सुदिनवा,
हौवा न अब चौवैया बहत बा।

जहँवा पलकवा न अँखिया प लागल,
देखा पुरान ऊ घरवा ढहत बा।
सूरसाम कहें पाथर देवतवा,
बकसै बिलार रही बाँडै जगतवा ॥

रामकली   : (भाला फरका राखिके, आँखि निकारिकै)–ई सूरसागर के
            अहतुति हा लछिमी?

लछिमी   : हाँ माई! सूरसागरे से नु इयाद कइनीं हाँ।

रामकली   : आ सूरसागर में भगवान् के गारी दीहल जाई?

लछिमी   : भगवान् के गारी-मार का का ना दीहल जाला, माई!

रामकली   : महतारी के चरावा मति लछिमी!

लछिमी   : चरावतानी माई! तोरा से के बेर कहनीं कि ककहरा पढ़िले,
            दु दिन में आ जाई फेनु अपनेहि सूरसागर, बिने-पतिरिका
            पढ़े लगविस् ।

रामकली   : हमार चलल होइत्, त तोहरा के एक्को अच्छर पढ़े के ना
            मिलल होइत। का कहीं ऊधो के बाबू के। साँचै बेटिन के
            अच्छर ना सिखावै के।

लछिमी   : तें त नानु मनवे माई! सालिगराम के पुजला में मेहरारू
            के छप्पन कलप भर कुम्भीपाक-पीबवाले नरक में रहे के
            पैरला।

रामकली   : झूठ, पोथी में नइखै। तहरा बाति बनावै बहुत आ गइल बा।

लछिमी   : ले आ के पोथी देखाई?

रामकली   : जानत नु बाड़ू कि हमरा अच्छर ना आवेला, एही से।

लछिमी   : त तें समुझत बाड़िस कि हम झूठे पढ़ि देइब।

रामकली   : ज पोथी में लिखल होइत, त गुरु बाबा काहे हमरा के
            सालिकराम के कासीजिउसे ले आ के देतें?

लछिमी   : साँचै कहीं माई! ते पाँच गो रुपया चढ़ा के गोड़ जे
            लागैं-लिस्?

| रामकली | : | गुरु-गोसैयाँ के अपना मुँह से ऐसन वचन निकालेलिस् है भगवान्! ई बेटी हा कि सन्ताप? |

| लछिमी | : | त माई! तें चाहत बाड़िस, कि हम पोंथी में छछात देखत रहीं कि ई काम कइला से तोरा के छप्पन कलप नरक में रहै के परी, आ तीनों पर चुप रहीं। |

(सीता आ के)

| सीता | : | ना लछिमी दीदी! चाची जौन बात नापसंद करै, ओके तानु कहै के। |

| रामकली | : | इहौ बा नु एगो बेटी! देखा नु कैसन मुँह से फूल झरत-आ। |

| लछिमी | : | (नराज ऐसन मुँह बना के) त सीता! हम झूठ कहतानी? |

| सीता | : | लछिमी दीदी! हमरा पर नराज मति होखा, हम तोहरा के झुट्टी नइखी बनावत। बाकी जौन बात चाची के मन के नइखे, तौना के ना नु कहेके। |

| रामकली | : | मतारी-बाप के अदब लिहाज नु करैके पैरैला बेटी सीता! सिखावा एहि लछिमिया के। |

| सीता | : | हम सिखावतानी चाची! |

| लछिमी | : | हम तोहार सिखावल कुलि मानव सीता। बाकी इमान-धरम से कहिहा, पुरान में होऊ सालिगराम के पूजा से मेहरारू के छप्पन कलप नरक में जाये के बात तहरा के ना हम कालै पढ़ौनीं? |

| सीता | : | हम ई नानु कहतानी, बाकी चाची के समने नानु कहे के? |

| रामकली | : | साचै बिटिया पोथी में ई बात लिखल बा? |

(ऊधोपरसाद आ गइलैं)

| सीता | : | चाची! ऊधो भैया आ गइलै एनहीं से पूछ। |

| लछिमी | : | आ हम पोथिये उठा लिआवातानी। (धउरि के एगो बड़का पोथा ले आइल, आ खोलि के ऊ पतरा ऊधो के समने धइदेहलस् ।) |

रामकली : पढ़ त बबुआ! साँचै एमें मेहरारू के सालिकराम के पूजा बरजित हवे?

ऊधोपरसाद : (संसकीरत में पाँती पढ़िके)—साँचै माई। ई त छप्पन कलप नरक के बासा लिखल बा।

रामकली : (मुँह पीअर कऽके)—छप्पन कलप नरक! आ हम सालि भर से पूजा करतानी? ई धरमो के काम कइला में पाप होला?

लछिमी : धरम उहै कहाला, जौन पोथी में लिखल रहेला।

रामकली : फेनु गुरुबाबा काहे सालिकराम के हमरा के देहलें?

लछिमी : गुरुबाबा कुलि पुरान नानु पढ़ले होइहैं। हेइसन हेइसन ना जानी कैसो पोथी बा।

रामकली : तेंही बताव बबुआ! अब का करैक चाहीं?

ऊधो : जानि के पाप कइला के औरू बेसी पाप होला माई!

रामकली : त हई ठाकुर जी के काकु करैके?

ऊधो : ई त सोचै के परी माई!

लछिमी : अ भइया! लछिमी पंडित के ठकुरबारी में दे अइला से कैसन होई?

ऊधो : हाँ, निमन त होई, बाकी भोग-राग खातिर किछु देवै के परी।

रामकली : का देवै के परी बबुआ!

ऊधो : पूछै के परी माई! बाकी साँझ सबेरे एक-एक पाव मिठाई, एगो सीधा, आ धूप-बत्ती खातिर चारि गो पैसा से का कम लागी?

रामकली : केतना परी बबुआ!

ऊधो : आस् सेर मिठाई चारि आना, धूप-बत्ती एक आना, एगो सीधा तीनि आना, कुलि आठ आना भइल माई!

रामकली : आठि आना रोज!

लछिमी	:	ला खुब पूजऽसालिकराम के? ओ अबहिन ई सालि भर पुजलाके पराछित जे करै के परी?
रामकली	:	पराछितौ !
ऊधो	:	ई त ठाकुर जी के आगे के इतिजाम नु करे के खरच हवे। नाहीं त माओ! तू त पूजा छोड़ि देहलू, फेनु जे ठाकुर जी उपास परिहें, त ओकर पाप घर भर नु पड़ी।
रामकली	:	(कपारे पर हाथ ध के) तोहार बाबू त एको पैसा दीहैं ना, ऊ त ठाकुर जी के घर में रखही के खैलाप रहलें। अच्छा ले जा, दी आवा लछिमी पंडित के ठकुरबारी में।
ऊधो	:	आ महीना भर के भोगराग के पनरह रुपया नु चाहीं माई?
रामकली	:	पनरह रुपया महिन्नै महिन्नै! ई त हमार कुलि कोसिला के रुपया एही में चलि जाई।
ऊधो	:	साल में एक बीस कम दुसै, पाँच साल में नै सै माई!
रामकली	:	पाँच सौ त रुपैयवा बा बबुआ!
ऊधो	:	पौने तीन बरिस चली, फेनु ठाकुर जी के उपास करै के परी। जौना महिन्ना रुपया बंद भइल, ओही महिन्ना माओ। ठाकुर जी लउटि अइहैं?
रामकली	:	हे भगवान्!

(रामकली रुपया ले आवे गइली)

ऊधो	:	लछिमी! देखा अब पनरह रुपया महिन्ना भर मिठाई खाये के इतिजाम भइल। ठाकुर जी रहिहैं हमरा बाकस में, सिगरेट के डिब्बा बा, ओही में।
लछिमी	:	आ कहीं माई लछिमी पंडित के ठाकुरबारी से पूछवावै तब?
ऊधो	:	बात त ठीक कहत बाड़ू। बाकी अबहिन त माओ के पराछित के फेर में नु डारे के बा।
लछिमी	:	पराछित!

ऊधो : हाँ, जे पोथी के हुकुम के खेलाप एक बरिस पुजली हाँ।

लछिमी : ठीक।

ऊधो : ई बड़ मजगूत पकड़न पकड़ले बानी। गुरुओ बाबा के समने जे ऊ पोथी धराई, त सिटपिटाई जइहें।

लछिमी : आ जे ठाकुरबाबा के माँगि लें तब?

सीता : हम एगो सलाह दीं भइया?

ऊधो : कह न सितिया?

सीता : चिन्ता करै के काम नइखै, पराछित के डरवावन में चार महीना खेपि देवै के, ज एही बीच गुरुबाबा आ गइलें त ठाकुरै जी के नु मंगिहें, बकसा खोलि के दे दियाई।

ऊधो : ई ठीक सलाह बा। पराछित के भै जबले रही, तबले माओ ठाकुर जी आ ठाकुरबारी के नाँव ना लीहैं।

(रामकली लेआके पनरह गो रुपया ऊधो के हाथ में देहलीं, औ ऊधो ठाकुर जी के मौनी उठौलें। लछिमी औ सीता के ओठ ले "रामनाम सत्त ह" आ गइल रहै।)

(परदा गिरत-आ)

अंक 4

(लछिमी, सनके एइसन केस औ सूत से मढ़ल चसमा लगौले सूखा फूआ
औ रामकली बइठल बाड़ीं।)

सूखा : सुनलू इ, रामकली! आज मनुसपलटी के घर में सभा करे
गइल रहलीं मेहरारू सब?

रामकली : सुनली हाँ, फूआ! आजकल के मेहरारुन के किछु मति
पूछी! देहिं जरिजाति-आ, देखि-देखि के कुफुति होति आ।
रिकसवा जब ले छपरा में ना आइल रहे, तब ले निमनो
रहल। बग्गी के केरयवा बेसी नु लगत रहल हा। आ अब
त घर के घर खाली हो जात-आ, आज का त साभा हवे,
आज का त सिनामा हवे।

सूखा : महल्ला में बस रामकली! हमरै तोहरा ले बा, नाहीं त
कलि धरम-करम छाड़ि देहलीं।

रामकली : हमरौ घर में फूआ! एक जनी हेई लछिमी औतार लेहले
बाड़ीं। एनकर चौबीसो घटा सभे लागल रहैले।

लछिमी : माई तें सभा से काहे नाराज रहैलिस्। बुझबो ना कइलिस्
कि सभा कौना खातिर भइल रहल हा, आ एक-ओरा से
दूसै लगलिस्।

रामकली : बुझले वानी। हमरा खन्दान में केहू ना बुझले रहल हा, ई त
एगो तुहीं न बूझैवाली जनम लेहले बाड़ू?

लछिमी   :   अच्छा ई त बताव माई! आमी अत्थान में बग्गी में गइला पर कौनो हरज ना, काली अत्थान रिकसा धौरौला में कौनो हरज ना, मेला-ठेला में देह छिलौला में कौनो हरज ना, औ ई टावनहाल में भले घर के सौ-पचास मेहरारू बइठि के किछु बतियावैली, ए एमे काहे बंह्हडल टूटि के गिरे लगेला।

रामकली   :   सुना फूआ! आमी अत्थान, काली-अत्थान देवी-देवता के पूजा-दरसन, आ हई मुँह खोलि के तावनहाल में बइठल बरोबर बा?

सूखा   :   चारो ओर एक्कै बयार बहति-आ रामकली! तोहरे हमरे पीढ़ी ले पुरखिन के मरजाद बा, अब ना रही बबुई! हम त साँझे सबेरे सुरुज नरायन के मनाई ले कि सूखा के अब ले चलसुँ।

(सीता आ जसोदरा अइलीं)

दूनो   :   गोड़ लागतानी सूखा फूआ!

सूखा   :   (आँखी पर हाथ से छाँह करके) के हा?

लछिमी   :   सीता आ जसोदरा अइली हाँ फूआ!

रामकली   :   एककै आँवा कै पकवल, फूआ!

सूखा   :   ना सितिया बबुनी निम्मन बेटी ह रामकली!

रामकली   :   हमहूँ इहै समुझत रहनीं फूआ! बाकी एक बेर चारि महिन्नाले ई हमरा के ठगि-ठगि के मिठाई खाति रहलीं।

सीता   :   हमनी के नहके नु अजस देत बाड़ चाची! ऊधो भइया नु कुलि कइलें।

रामकली   :   मुदा पोथिया के त माई। गोरुओ महराज देखि के साचै नु कहले?

रामकली   :   आ कहि दा कि साठि रुपया के मिठइया खाये के गुरुवे महराज कहलें।

सूखा   :   साठि रुपया के मिठाई!

लछिमी : चारि महिन्ना में अठठ आना रोज फूआ। आठि गो लइका जमा होइ जाँसु एकेको गो मिठाई त ना परे। आ फेनु ई भइया के करनी हवै, हमनी के कौनो खसूर नइखै फुआ!

रामकली : आ चारि महिन्ना ले ठाकुर जी के सिगरेट का गोलका डिब्बा में बन्न कइके रखले रहे फूफा। ई हतियारी नु बा?

सूखा : बिना भोग-राग लगौले?

लछिमी : गुरुमहराज कहले बाड़ें फूआ कि भोगराग लगौला ना लगौला के कौनो पाप-सुन्न नइखे।

सूखा : चारि महिन्नाले ठाकुर जी उपास परिहें, आ पाप-पुन्न ना लागी। ए भाई! ई छौंड़िन के का हो गइल बा?

लछिमी : जे चारि महिन्ना के उपास के पाप-पुन्न लगित, त माई के साल भर सालिकराम पुजला के पाप के फल छप्पन कलप नरक के बास होइत फूआ! गुरुमहराज कहि देहलें कि ठाकुर जी के परानपतिट्ठा ना कइले रहलीं, एही से पाप-पुन्न किछुओ ना भइल।

रामकली : ई बात ठीक ह फूआ! मुदा ठाकुर जी के चाहे परानो-पतिट्ठा ना भइल हो, सिगरेट के बाकस में नानु राखैके?

लछिमी : ऊ हमनी के खसूर नइखे माओ! अपना बेटा से पूछा।

रामकली : बेटे नानु अकेले मिठइया खइले?

सूखा : आ दुत् तोरा की, ए देवतो से खियाल कइल जाला?

जसोदरा : लछिमी दीदी। आज हम सभा में न जा सकनी, सुनावा, संकरपुर के बहुरिया बेचारी के बारे में का परसताव भइल?

सूखा : संकरपुर के बहुरिया कवनि, बहुरिया धनराजी कुँअरि?

लछिमी : हाँ, फुआ! बहुरिया धनराजी कुँअरि सौ गाँव के मलिकाइन, रायबहादुर के मरते दयाद दावा के देहलें कि बहुरिया जैजात बरबाद क दीहें; इनके खोरिस मिले के चाहीं, आ जैजात के मालिक हमनी हीं।

सूखा : बहुरिया धनराजी कुँअरि बड़े लायक मेहरारू हवीं बेटी!

सीता : बहुरिया के देखले बाड़ू फूआ!

सूखा : आमी अहथान में भेंट भइल रहे बेटी! ध के अपना तम्मू में ले गइली, हमार केराया के घोड़ागाड़ी लौटवाय देहलीं, आ रातिभर ना आवे देहली। का केहू बेटी-पतोह वैसन सेवा करी?

लछिमी : बहुरिया के बेटा-बेटी नइखे फूआ!

सूखा : (आँखि में लोरि भरि के) से हम जानीले।

लछिमी : ओनकर हिच्छा बा, कि जेतना देस के लडकी बाड़ीं, ओही सबके आपन लइकी मानि के ई कुलि धन खरच कइल जाव।

सूखा : बहुरिया बड़ लायक वाड़ीं बेटी! हमार अस्सी बरिस के उमिर भइल, नाती कै नाती देख चुकीं मुदा एइसन लायक मेहरारू ना देखनीं–हाँड़ी परिखीं बरंबार, अदिमी परिखीं एकै बार।

लछिमी : त आज टावनहाल में सभा बहुरिये खातिर भइल रहल हा।

सूखा : का भइल ह बेटी?

लछिमी : छपरा भरिके पाँच सै मेहरारू जमा भइल रहलीं हाँ। जज, वकील, मुख्तार, बलिहटर, हाकिम-हुकुम, अमला-फइला सबके घर के मेहरारू आइल रहली हाँ। जज साहेब के मेहरारू सभापति भइल रहलीं। सभा में सरकार के कहल गइल कि राजकाज बहुरिया के हाथ से ना छीनल जाये के चाहीं।

सूखा : राज-काज छिनात-आ बेटी?

सीता : सुनलू ह ना फूआ! बहुरिया के दयाद लोग मोकदमा कइले बा कि मेहरारू के जर-जमीन पर हक ना होला, ऊ खाली खोरिस पा सकेले।

लछिमी : बोल फूआ! जेकर पति सौ गाँव के मालिक रहै, आज बेटा रहित त ऊ मालिक होइत; अब घर में बहुरिये रहि गइनीं, त ओनकर हक ना होए के चाहीं, काहे से कि ऊ मेहरारू बाड़ी? तें देखले ही बाडिस्, बहुरिया कौनो मरद से कम लायक नइखीं।

सूखा : से लछिमी बबुनी! तोहार बात सोरहो आना ठीक बा। बहुरिया ऐसन इंतिजाम करैवाली मेहरारू न मिली। हम ओनकरा खवास-खवासिन नौकर-चाकर के देखले बानीं, ओनकर इंतिजाम एक-एक बात में देखात रहे।

लछिमी : त बहुरिया के मालिक ना होवे दीहल जात-आ, ए में ओनकर इहै खसूर नु ना, कि ऊ मेहरारू हवीं? मेहरारू होखल का कौनो पाप हा?

सूखा : मेहरारू के जाति त छोटे कहल जाला बबुनी! मुदा बहुरिया केहू मरद से कम बाड़ीं, ई हम ना मानब।

लछिमी : सूखा फुआ! ज तू खाली बहुरिया के पच्छ लेके कहबू, त ना सरकार मानी, ना हाकिम हुकुम कौनो खियाल करिहैं, ज समुच्चा मेहरारुन के हक खातिर कहबू त इनरासन डोल जाई।

सूखा : चाहे जैसे होखो, लछिमी बेटी। बहुरिया के हई हक ना छिनाये के चाहीं।

लछिमी : फूआ! सरकार कहति-आ कि बहुरिया लायक हवीं ईमानै में उजुर नइखै; मुदा मेहरारू जाति के जमीन के मालिक होखल ई अइन-कनून से बहरे के बाति ह। बहुरिया मेहरारू ना होइतीं, त उनकरा के पूरा हक मिलित।

सीता : आ फूआ! ई एगो बहुरियै के बात नइखे। केतना पीढ़ी बीति गएल ना जानी केतना बहुरिया हकसे बेहक भइलीं, आ आगेहू कइल जइहैं, जौ हमनी अपना हक कै दावा ना करब।

लछिमी : औ देखैलिस् नु फूआ चाहे घर फूँक बेटा होय; ओकरा
के बाप के जैजात मिलै में कौनो उजुर नइखै, मुदा मेहरारू
केतनो लायक होय, ओकरा के हक ना मिली, एके निया
व कहल जाय सकेला?

सूखा : ई हमरो तनी तनी समुझि में आवत-आ।

लछिमी : हमनी मेहरारू सब ई नइखीं चाहत, कि मरद के कौनौ हक
ना मिले। मुदा हमनी ई बात ना मानि सकीले, कि बेटा
सोना की डीबिया में से आइल बा, आ बेटी इमिली के
खोड़रा से।

सूखा : दूनों एकै ओद्रसे आवेला बेटी!

सीता : आ मेहरारू के नीच-नीच कइल जाला, जे मेहरारू नीच
होइत त ओही से जनमल मरद ऊँच कइसे हो जाला?

सूखा : इहो बात ठीके कहत बाड़ू सीता बेटी! बलुक मतारी के
उपकार मतारी के सासत-कहट देखिके त ओकरै के बड़
माने के चाहीं।

रामकली : तुहूँ फूआ छौंड़िन के फेर में पड़ल जात बाड़ू?

सूखा : निम्मन बात कहत बाड़ी सन्, त काहे न माने के चाहीं
बेटी? नौ महिन्ना पेट में राखिके पोसल, फेनु कै बरिसले
अपने गीला में रहिके बच्चा के सूखा में सुतावल, अपना
देहिके जिउ खींचि के बेटा के दूध पिआबल, ई कुल ऐसन
काम हा, जे मरद कबहुना कइ सकैला बबुई?

लछिमी : फूआ! इहै बाति हमनिओ कहीले। काहे मरद आ मेहरारू
के दुःख आँखि से देखल जाला? जैसन बेटा वैसे बेटी के
माने के चाहीं।

सूखा : इहौ ठीके कहति-आ बिटिया। बेटा के जनम में मतारी के
थन में दुसरा तरह के दूध अवैला, बेटी के जनम में दुसरा
तरह के, ई तना देखल जाला? फेनु काहे दूनों के दु ऑंखि

से देखल जाई? इहै दु आँखि से देखला के फल हा, कि संकरपुर के बहुरिया के लायक रहतौ हुनकर हक छीन लीहल जात आ। ह, नु बेटी लछिमी?

लछिमी : इहे बात हमनी के सभा में भइल हा। हमनीं कहलीं हाँ, कि मुसुरमान में बेठी के जैजात में हक होला बेटा के बराबर ना, मुदा ओकर हक दियाला। किरिस्तानों में बेटी के मतारी-बाप के जैजात में हक होला, फेनु हिन्नू की बेटी मेहरारू के काहे हक ना मिली?

सूखा : त दुसरा दुसरा मजहम में बेटी के हक मानल जाला बेटी?

लछिमी : हाँ फूआ! आ हिनुतान से बहरा कुलि दुनिया-संसार में बेटी के हक मानल जाला।

सूखा : फेनु हिनुतान में हिन्नू लोग काहे ना मनलस् बेटी!

लछिमी : मरद लोग के सुवारथ। जे हमनिऔ अपने जैजात के मालिक होइतीं ता 'ढोल गँवार सूद्र पसु नारी। ए सब ताड़न के अधिकारी।' नानु, होइतीं?

सूखा : त बेटी! हमनी के कहला से जैजात मिले लागी?

लछिमी : जरूर फूआ! हमनी जे पहिले से जोर-जोर से कहले होइतीं, त हमनी के हक मानि लीहल गइल होइत। मुदा हमनी चुप लगा गइली, मरद लोग सरकार के समुझा देहलै; कि मेहरारू के धन के कोनो खाहिस नइख।

सूखा : ई बात झूठ हवे बेटी! धन के खाहिस ना होइत, त मेहरारू आपन कोसिला काहे रखतीं?

लछिमी : आ जैजात होइत ता पेट काटि-काटि, कौड़ी-कौड़ी बचाइ के कोसिला राखै के कवन काम रहित? ऐही से हमनी सभा में लिखि के सरकार के पठौनी हाँ, कि जैजात में मेहरारू के उहै हक माने के चाहीं जौन मरद के हबे।

सीता	:	आ इहौ फूआ! कि जैसे एक मरद अछतै मेहरारू दूसरा मरद के ना वियाहि सकैले, वैसे मरदौ एक मेहरारू के रहते दूसरा मेहरारू से वियाह ना कर सकें।
सूखा	:	इहौ ठीक।
लछिमी	:	आ इहौ कि राजकाज चलावें में बहुरियाजी के उहे हक होखे के चाहीं जौन रायबहादुर के रहे।
सूखा	:	इहौ ठीक।
लछिमी	:	जैसे बहुरिया जी के राज काज चलावे में मरद के बरोबरे हक मिले, वैसे ही सरकारी राज काज चलावे में कुलि मेहरारुन के मरद के बराबर हक होव के चाही।
सूखा	:	बेटी! जे मेहरारुन के सभा में ऐसन निम्मन बाति होले, त हमरौ के ले चलिहे।

(सब मिलि के गीत गावत बाड़ीं)

उठु उठु रे तें भुखवन्हुई, उठु रे धरती के अभगिया।

बा न्याव बजर घहरावत, जनमत बढ़िया ससरवा ॥

पुरुबिज फिनु नाही बान्हीं, उठु रे अब नहि तें बन्हुई।

नइ नेंव उठत बा जगवा, ना रहली सब किछु होइबी।

आ जुटहु नु सखिया समुहें, ई आखिर बेरि लड़इया।

(परदा गिरि गइल)

नइकी दुनिया

नाटक के खेलाड़ी

बटुक	मुखिया खेलाड़ी
रामधनी	बटुक के बाप
सुकरुल्ला	गँवईं पंच
सुखारी	सरपंच
रामदेव सिंह	बूढ़ बाबू
विसुनदेव परसाद	बूढ़ देवान
रमेसर तिवारी	बूढ़ बाभन
सोना	बटुक के मेहरारू
जगरानी	बटुक के आजी
सुगिया	गँवईं पंच
बतुलिया	गँवईं पंच
महदेई	गँवईं पंच

अंक 1

(गीत गावल जाति-आ)

नइकी दुनिये के बसौले, ई कुलि दुखवा जाई ना,
    जहवाँ न केहुये छोट बड़ लोगवा, सब्बै भाई-भाई ना।
केहुके त गाँजल बाड़े अनधन सोनवा, केहु भुखिया तड़फै ना,
    केहुत नहाला नित अतर-गुललवा, केहु पनिया तरसै ना।
कबहुँ न देखल जे घमवा-बतसवा, नाहीं जड़वा जनलै ना,
    कोठवा बइठिके धोखवा के बलवा, से जगवा लुटलै ना।
आवा हो आवा मोरे भइया बहिनिया, सब हिलमिलि लागीं ना,
    चमवा के छाड़ि जब कमवा पियार होई, तबे भुखिया भागी
ना।

(रामधनी सिंह ओनकर मतारी जगरानी अइलीं)

जगरानी : बबुआ! तें पहिले जब गान्हीबाबा के नून बानौला में जेहल गइले, मारि खइले, ओहू बखत हमार करेजा काँपत रहल।

रामधनी : काहे माई! रजपूतिन के करेजा काँपी, लइकाके जेहल गइला में?

जगरानी : तब जेहल जाये के बात पहिले पहिल सुनलीं नू। आउर तें हमार एकैगो बेटा, एकैगो बतिहर जिनगी के अवलम्। केतना अतवार केतना एकादसी भुखनीं। बाबा बैजनाथ किहाँ जाके धरना देहीं, तब भगवान् तोरा के देइलें। जब

से कोखिमें अइले, तब से तोराके अँखियै बना के रखनीं।
कै बेर सोगियानौनी डाइनि तोरा पर नजर गड़ौलीं सौं, मुदा
कालभैरव बाबा के गंडा जब से तोरा गरमें डार देहनी तौने
दिन से सलतनत भइलीं।

रामधनी : गंडा त केतना दिन से हम तुरके फेंक देहनीं।

जगरानी : तू नु तुरि फेंकला, मुदा जबले घरे सुतत रहला, तबले हम
खटिया में बान्हि देत रहनीं। आ जब पतोहिया आइल त
ओही के कहीं–'बेटा! हेई गंडा आठो पहर बतीसो घरी
पहिरले रहिहा।' ओइसे त हमार एको बात ना माने, मुदा ई
बाति मानि गइलि।

रामधनी : त माई! तोरा के अपना पतोहिया के मुवला के दुख नइखै?

जगरानी : दुख काहे ना होई, बबुआ। मुदा ऊ बड़, बेकहल रहे। अब
त बेचारी के भगवान ले गइले, अब सिकाइत कइला में
अपराध बा।

रामधनी : गाँवकेलोगतकहतरहै, किजगरनियेकेमुँहकरजीरीलेखाँतीत
ह, ऊ पतोहिया के फुटिलिउ आँखि देखै ना चाहें।

जगरानी : कवन कहलै ह सोगियानौनी। हमरा के पहिले नु बतावे के
जगरानी चाहत रहल।

रामधनी : त ते झगरै नु करतिस्?

जगरानी : हमार घर फोरि देहलीं बबुआ। इहै गाँव भरिके भतरा-चबौनी
मिलि के।

रामधनी : मति गरियाउ माई। अब त पतोहिये नइखे, घर कैसे फोरिहैं।

जगरानी : पतोहि ले आइब नू।

रामधनी : पतोह ले अइलू कि गाँव भरि के भतराचबौनी मिलि के
तोहरा घर के फोरि दीहें, आ तोहरे के अपराध लगइहें
कि जगरानी एगो पतोहके त मुवौलीं, अब दूसरोके मुवावै
चाहत बाड़ीं। आ कतहूँ पतोह जब्बर मिल गइल? हमरा त

कै कै दिनले घरे ना आवै के पैला, आ जे झोंटाझोटी क
के हमरा बुढ़िया मतारी के मुवा देलस्, त हम का करब?

जगरानी : तोर गुन हम मानब बबुओ! तें कबों मेहरारू के पच्छ ना
लेहले; गाँव भर के पुतकाटी पतोहिये लेखा तोरौ के बिगारे
चहलीं बाकी तोर नेति तनिको ना डिगल।

रामधनी : कैसे डिगित माई! तें हमराके पालि-पोसि के बड़ कइली,
कि जगरानी तोर पतोह? आ मेहरारू के मुअला पर केतना
मेहरारू मिलिहैं, मुदा मतारी मुअला पर मतारी नानु मिली।

जगरानी : (आँखिमें लोर भरिके)—ऐसन बेटा कौनो मतारी के बा?
भुइली में त ना हवै। बेटा! पाँच बरिस हो गइल पतोहिया
के मुअला, अ केतना बेटिहा आवत बाड़न। ऊ हरपालपुर
में हमरा नइहरा के बेटी निम्मन बा, एहि साल बियाह होइ
जाव।

रामधनी : जो महिन्ना में ई पाँचो-सात दिन जे तोहरा हाथ के बनावल
भात मिलत-आ, एहू के छोड़ावे के मन होय, त बियाह
के बात करिहा। भले बारह बरिस के नाती बा, ओही के
कालभैरव के गंडा पहिरावा।

जगरानी : ऊ गंडा पहिरी! ओकर चले त हम कौनो बरत ना करे पाई।
तीन बेर पलखत पौते हलुवा में नून डाल देहलस्। बेटा!
बरजु ना, सुरुजनरायन के बरत तोरला में बड़ पाप होला।

रामधनी : तुहई बरजा तोहरे नू मुँह बेसी लागल बा।

जगरानी : हम त बरजि के हारि गइनीं। ऊ देवता-पित्तर के का मानी
? (एने-ओने देखि के आसते से) ऊ त सुकुरुलवा के घरे
जाके मुरगी के अंडा खाला। एक दिन ले आके हमरा के
कहलस 'इयवा! इहै नरबदेसर के पिंडी तोरा के पूजा करे
के ले अइली हाँ।' साँचे बबुआ! उज्जर-उज्जर चमकत
रहे, जैसे हमरा गुरुबाबा के पूजा में नरबदेसर बाबा बाड़न्।

रामधनी : त तें एको दिन पूजा कइलिस् कि ना माई?

जगरानी : बड़ उतपाती लड़का हा बबुआ! आ कहाँ से कुलि अक्किल सीखि गइल बा। हमरा से नइकी मौनी नयका लुग्गा मंगौले फेनु हमरै हाथे गत्ते से ओही पर रखवौले। हम समुझनीं, साँचे नरबदेसर बाबा हवें।

रामधनी : त बेलपत्तर-वत्तर चढ़वलीं कि ना?

जगरानी : हम अबहिनले तुलसी माई के जल ढारि के गोड़ लगले ना रहनीं, हम नहाये में लगनीं, ऊ धउरि के बेलपत्तर उतारि ले आइल।

रामधनी : त तें समुझलिस् कि नाती अब देवता-पित्तर के बड़का भगत हो गइल बा?

जगरानी : हाँ, बबुआ! ऊ कहलस् कि इयवा! मेहरारू के सालिगराम के पूजा बरजित ह, मुदा नरबदेसर बाबा आ तुलसी माई ई दूनो परानी के पूजा नइखे बरजित।

रामधनी : त तें तुलसी माई के नरबदेसर के मेहरारू समुझि लेहलिस्।

जगरानी : ओहि बखत ऊ जैसे बतियावत रहे, हम कुलि बिसवास क लेतीं बेटा!

रामधनी : त तें पूजा-डंडवत कइलिस् माई?

जगरानी : मति किछु पूछा! ओकरा कहलै लखाँ फुलकै हाथे पानी में बुड़ा के मौनी में रखनीं। बेलपत्तर चढ़ा के धूप, आ मितरी के भोग लगौनीं। फेनु हम चाहत रहनीं चनाइमिरितवाक तुलसी माई के थाला में ढोरे के, त ऊ कहलस्, ना इयवा! चरनाइमिरित दूसर महादेव के ना नरबदेसर बाबा के हा, एमें से हमरो के थोरा दे आ थोरा अपनेहू पिउ। गुरुबाबा इहै चरनाइमिरितेवा नु देलें।

रामधनी : त तें पियलिस् माई!

जगरानी : आँ--क्, आ--क, आ-क्-का-क्-का-क।

रामधनी : (धउरि के गरदन सुहराव लगलें।) जाये दे माई। ऊ बड़
बदमास लइका ह। तें मरलिस् ना?
(बीच में नाती बटुक ठठाके हँसत चलि आइल।)

बटुक : इयवा के बाति हम कुलि सुनली हाँ बाबू!

जगरानी : ते सुनले हा कुलि बाति?

बटुक : तनि बतिया पूरा क देवे दे त इयवा! फेनु एगो बड़ निम्मन
बटुक बात सुनायेब, सुनि के तोर मन खुस हो जाई।

रामधनी : माई के तें हरान करैले, (चिल्ला के) अच्छा ले आवतानी
छड़ी।

जगरानी : (नाती के अँचरा में लुकवा के)—ना बबुआ! लइका खसूर
करेला, त ओके मारै के नानू।

रामधनी : त तुंही नू सहकावत बाड़ू माओ! नाहीं त हम एक दिन में
ठीक क देतीं।

जगरानी : किछुओ कर हमरै नु नाती हा। (बटुक आजी के अँचरा में
लुकाइल बाप की ओर मुँह फेर के हँसत-आ)

रामधनी : औ ई जे माई के नरक में भेजलस्। नासकेत के कथा
में नरक के बात सुनले नु बाड़ी माई! जगरानी : कै बेर
बबुआ। आ ओहू से बेसी विरह-विसेख त गरुलपुरान में
बा। गुरुबाबा पतोहिया के मुअला प सुनौले रहलन्।

रामधनी : संसकीरत तें कैसे बुझलिस्?

जगरानी : नरक के बखान जंहवा रहल, ओकर अरथ नु क सुनौले
रहलन्।

रामधनी : हाँ, माई! हमरो मत परत-आ। त बोल माई! जवन नाती
तोरा के कुम्भीपाक औ रौरव नरक में भेजत आ, ओकरा
के तें दुइओ छड़ी ना मारे देत बाडिस्, ई निम्मन हवे?

जगरानी : मुदा बेटा! जुरते बता देहले, आ हम साति दिन खाली
पानी पी के उपास रहीं।

रामधनी : छाड़, माई! छाड़ एइसन् बेटा के हम घर में ना रहै देब।
(हाथ बढ़ावत बाड़े, जगरानी अउरि लुकवा के)

जगरानी : ना मोर सुग्गा। इहै एगो बतिहर बा (आँखि में लोरि भरि के) एकरा घर से निकरला पर हम ना जीअब्। लइका के खसूर छमा नू करै के होला। हमार कुलि पाप धोवा गइल, सात दिन वरत रखला से बचवा! आ मोर नाती जे ना बतौले होइत, त बरत नानु कइले होतीं, फेनु त अनचक्के में नू जमराज एकै बेर सजाय सुनौतें।

रामधनी : त माई! तोरा पूरा बिसवास बा नू, कि अब तोरा के नरक में ना जाये के परी?

जगरानी : हाँ बेटा! हम गुरुओ महराज से पूछि लेहले बानी।

रामधनी : का? कि अंडा के धोवन पियला के पराछित सात दिन के उपास से हो नू जाला?

जगरानी : अंडा के नाँव कैसे लेइब बबुआ!

रामधनी : तब का पूछलिस् हा?

जगरानी : कि भूलि-चूक से कौनो खसूर हो जाय, त सात दिन के उपास से छुटि जाला कि ना?

रामधनी : खसूर माई! छोट बड़ केतना तरह के होला। पहिले न इहौ पूछे के चाहत रहल नू, कि ई छोट खसूर हा, कि बड़।

जगरानी : ई कैसे पूछितीं बेटा। फेनु गाँव भर सुनि लीत, त रजपुतन के मेंडर में मुँह दिखावे लायक रहता?

बटुक : (मुँह निकार के) समुच्चा गाँव जानत-आ इयबा!

जगरानी : (घबरा के) समुच्चा गाँव! तें त ना कहले?

बटुक : ना इयवा! एगो खसूर भइल उहै बहुत रहै। रमदेइया फूआ ढुक्का लागि के कुलि देखलस्।

जगरानी : (गुस्सा से लाल होके हाथ मलत)–जा रमदेई! ससुरा चलि गइलू, नाहीं त आज जगरानी के महाभारत देखतू।

रामधनी : ई त भुइली भर के रजपुताँव जानि गइल, अब का करे के?

जगरानी : (रोवत) अब हमार घर बूड़ल! हे भगवान्! अब के हमरा
नाती के आपन बेटी दी।

बटुक : ना दी, त हम कुँआरे रहब इयवा! तें रोअत काहे बाडिस?

जगरानी : (अउरि जोर से रोवत) के हमरा पिंडा-पानी दी! हाय
रामजी।

बटुक : तोरा के पिंडा-पानी हम देब इयवा! मति रोउ, मति रोउ
इयवा! नाहीं त हमरो रोआई छूटति-आ।

जगरानी : (आँखि पोछि के)—ना मोर अँखिया तें मति रोउ।

रामधनी : त माई! तोरा नरको से बेसी डर बिरादरी के बा नू?

जगरानी : वरत-उपास, दान-पुन्न से नरक से अदिमी बँचि सकैला
बेटा! मुदा बिरादरी के कोप से बाँचे क त कौनो उपाइ ना
नु बा।

बटुक : बिरादरी काहे कोप करी इयवा!

जगरानी : इहै जे रमदेइया ओके हैजा उठा ले जाउ।

रामधनी : हैजा मति माई! हैजा गाँव भर खातिर आवेला एगो अदिमी
खातिर ना।

जगरानी : उहै रमदेइया जे गाँव भर आग लगौलस्। अब त तहार
हुक्को- पानी बन्न भइल नू?

बटुक : हुक्का-पानी के बाति मत कर इयवा! ऊ केहूना बन्न के
सकेला।

जगरानी : कैसे बबुओ!

बटुक : रजपुताँव में केकर लइका बा, जे सुकरुलवा आ हमरा
साथे अतवारै अतवार मुरुगी के अंडा ना खात-आ?

जगरानी : (संतोख देखावत)—साँचे बबुओ!

रामधनी : देखु माई! एक अदिमी के चरनाइमिरित पियला-खइला से
त तें रोवै लगलिस्, आ गाँव भरि के सुनला से तोरा मन में
खुसी होति-आ।

जगरानी : अब हमरा के केहू जात से छाँटैवाला नइखे नू?

बटुक : हमनी का जानत रहनीं इयवा! ई त बनारसी काका के एक दिन खात देखनीं, ओही दिन से हमनिओ परकनीं। भुइली के बारहगो लइका हमनी बानीं। अतवारै अतवार सुकरुलवे के घरे बारहगो हमनी खातिर ओ एगो सुकरुलवा खातिर तेरह अंडा उसिनल जाला।

जगरानी : राम-राम! ओही के बधना के पानी से।

बटुक : अंडा जब ओकरा घर के बा त पानी में कवन छूत लागल बा?

जगरानी : मति खो बबुआ! ऊ कइसन उज्जर-पीयर रहेला? ओहि दिन जे तें फोरि के खइले।

रामधनी : तोरा समने माई;

बटुक : उहै नरबदेसर के एक दिन खइनीं, अउरि फेनु कहाँ?

जगरानी : मति खो बबुआ! गुरुबाबा अइहैं त सुनिहे नरक में कइसन-कइसन सासत सहे के परेला।

बटुक : ओइसन-ओसन खिस्सा इयवा! किताब में बहुत लिखल बा। आ नरक में जाई त समुच्चा भुइली के रजपुताँव जाई, तब नू इयवा! तोरा के जाय के परी।

जगरानी : हमरा ना जाय के परी, हम त सात दिन बरत कइले बानी।

बटुक : आ हम जे अतवारे अतवार नरबदेसर के खा के तोर चूल्हा-चौका, बरतन-भांडा पवित्तर करतानी।

जगरानी : (मुँह गिरा के) हे राम जी।

रामधनी : जाय दे माई! दुनिया उलटति-पलटति-आ।

जगरानी : साँचै बबुआ! हमरा आँखै के समने दुनिया कहाँ से कहाँ चलि गइलि। हमरे नु हाड़-माँस ह ई हमार नाती, आ बरहे बरिस में देवता पित्तर धरम-करम सबकै उपहास करत-आ।

रामधनी : अउरो दिन बीते दे माई! फेनु देखिहे कइसन धरती तरकै
उप्पर होले।

जगरानी : कुलि होई बेटा! कुलि होई, भगवानै औतार ले के आवें त
धरम बँची।

बटुक : औ जे कछ-मछ से सूअर ले औतार लीहैं, त इयवा! हमनी
हुनकरा के ना छाड़ब।

[परदा गिरि जात-आ]

अंक 2

[उरिदी में लपटेन बटुक सिंह गावत बाड़न्]

ढाहा भइल पुरनका घर ई, नइकी नेवं करा तइयार।
नई हवेली सिरजा भाई, नयका होई अब संसार ॥
स्वारथ लागि समर ई ठनलें, राछछ जरमन औ जापान।
चहुँ बँचावै पुरना घरवा राखै तोन्-फुल्लन के सान॥
गहि के तेगा जूझत बाड़ें, जगके सबै मजूर-किसान।
लाल फउजि के पाछे-पाछे हाथ में लेहले लाल निसान ॥
अन बिन तलफत जँहवा लइका, जहँवा उठत गरीब क आह।
जहँवा तोन फुलत दुइ-चरिके ऊ संसार दिहब हम ढाह॥
रात अन्हरिया कुलि बीतल बा, आइल पह फाटै के बेर।
काटा रछछन के मूँडी धरि, तिनको अब न लगावा देर॥

(रामधनी सिंह आ जगरानी आके)

जगरानी : (फौजी उरदी देखि के आँख से खुसी झलका के)–मोर नाती देखते देखते केतना बढ़ि गइल।

रामधनी : बढ़ी ना एकइस बरिस के हो गइल।

जगरानी : कवनु दरजा मिलन है, बबुआ! अब कौनो बात मनो ना नु परै?

रामधनी : लपटेन माई! ई उरिदी लपटेन का हा।

जगरानी : उरिदिया त निम्मन लागति-आ, मुदा ऊ सुनि के मन दुकैसन होत-आ।

रामधनी : का सुनि के?

जगरानी : कि हमार बबुआ बटुक लड़ाई में जइहें।

बटुक : देस खातिर नु इयवा! देसै खातिर बाबू कै बेर जेहल गइलें।

जगरानी : ऊ गान्हीबाबा कै लड़ाई रहे, ओमें बरिस-छ महीना जेहल में रहि के लउटि आवे के रहे।

रामधनी : हमहूँ इहै बात बेरी-बेरी समुझौनीं, बाकी आज काल के लइका हमनी के बात नानु सुनै माई!

बटुक : त बाबू! चाहत बाड़ा, दुनिया ओहीं ले आ के गोड़ तोर के बइठि जाय जहाँ ले गान्ही जी तोहरा लोग के पहुँचौलें?

रामधनी : गान्ही जी के संती के रहता निम्मन ह बटुक बेटा।

जगरानी : ओहि बखत जब बबुआ पहिले पहिले नून बनावे गइल, आ हम पुलुस के लाल मुरैठा देखनीं, त गन्हियोजी के बात हमरा के जबूने लागल; बाकी इ नाती के रंग-ढंग देखि के बुझात-आ, गान्हिए जी के रहतवा निम्मन बा।

बटुक : गान्हीजी के रहता ओही के दिन कौनो काम के ना रहि गइल, जौना दिन गान्हीजी के चेलन के हाथ से मजूरन-किसानन के गला रेताइल।

रामधनी : गला रेताइल, कि किसान सहकि गइलन्। अब असामी बरबेगारी, जरिबाना-सलामी किछुओ बात पूछत बाड़न्?

बटुक : बाबू! ज बर-बेगारी आ जरिबानै-सलामी लेवे के रहल, त देस के नइयाँ ले ले जेहलखाना काहे गइला?

रामधनी : अगरेजन के हाथ से आपन राज लेवे खातिर।

बटुक : आपन राज, कि जिमदरवन आ सेठवन के राज! आ केकरा मद्त से? किसानन के मद्त से गरीबन के मद्त से आ फेनु ओकनिये से बर बेगारी आ जरिबाना-सलामी असूल करे के?

रामधनी : ना जेहल गइल होतीं त डिस्टिकबोट के चेरमैन भइल होतीं?

जगरानी : चेरिमौने ना बबुआ! होऊ जे लाट साहेब के का कहावेले?

रामधनी : कोंसिल माई!

जगरानी : ऊ नइखे माई बबुआ! माई हम नु हवीं? कोंसल कहा, ऊ कोंसल के जे बबुआ हमार लोमर भइल बाड़न्, उहौ एही जेहलियै गइला से नु! गान्हीं जिउके रहता निम्मन रहल ह, बबुआ! ओमें हेई लड़ाई में मूवे के ना नु रहल हा।

बटुक : गान्ही के नाँव मति ले इयवा! सुनि के जिउ जरत-आ जरमनवा जपनिया दूनो रछछा अनधन त लुटते बाड़ें, दस बरिस के लइकिनों के ईजत ना छाँडस्।

जगरानी : ईजत लेलैं बचवा!

बटुक : आ उप्पर से बाबूजी के गान्ही महतिमा कहत बाड़न, कि मेहरारुन के ईजत बँचावे के काम मेहरारुनै के नोह हात पर छाड़ि देवै के चाही। इयवा तें ही बताव हमरा जियला के धिरकार न होई, जे केहू तोरा ओर हाथ बढौले, औ हम तोरा के हात-नोह से काटै बकोटै पर छाड़ि दीं।

जगरानी : (काँपि के)–एइसन राछछ बाड़न्?

बटुक : पूछ बाबूजी से, ई रोजे खबर के कागद पढ़ेले।

जगरानी : साँचै बेटा!

रामधनी : ई बात साँच हा माई! मुदा-

जगरानी : तब त बेटा! भाई बहिनि के ईजत बचावे खातिर जिओ देहला में कौनो हरज नइखे।

बटुक : जपनिया रछछवा हमरा देस के सिवाना पर चहुँपि गइल बा, हमनी के जा के सिबाने पर नु रोके के चाहीं, नहीं त भुइली में चहुँपि गइला पर किछु सँपरी?

रामधनी : गान्हियो जी त संती से लड़ै के कहत बाड़न्!

बटुक : बोलु तें ही इयवा! राछछ संती-फंती के मनिहैं?

जगरानी : ना बबुआ! ज सती से काम चलित त रामजी के ना औतारे लेवै के काम रहल, न रवना से लड़इयै करे के।

बटुक : एगो सीता के ईजत बँचावै खातिर त लंका ढाहै के परल, रामजी सीताजी के नानु कहि देहलें कि जाँय, ऊ रवनवा से हात-नोह चला के इज्जत बँचावसु।

जगरानी : औ दरोपदी के खाली चीर खिंचला पर महाभारत नधि गइल?

बटुक : जपनिया जरमनवा राछछ ईजत ले के लरकोरी मेहरारुन के छाती से लागल बेटा के साथै संगीन खोभि के मुआवत बाड़न् इयवा?

जगरानी : दुध पिउवा बच्चा के!

बटुक : औ एहि तरे लइका मेहरारुन के मुवा के ईजत ले के चाहत बाड़न् अपना मुलुक के बनियन के राज चलावे।

जगरानी : बनियन के राज!

बटुक : ई लड़इयै बनियन के कारन भइल। बनिया के मतलब जात के बनिया ना इयवा! हमरा देस में रजपुतौ, बाम्हनो सूद पर रुपया देत बाड़ें, दुकान-गोला खोलले बाड़न्, कल-कारखाना चला रहन बाड़न्। एहि सब के बनिया कहल जाई। आजकाल एगो रूस के छाड़ि के समुच्चा दुनिया में बनिया सेठन के राज बा।

जगरानी : बनिया सेठन के राज?

बटुक : हाँ इयवा! हिनुतानो में गान्ही महतिमा अब ओही सेठवन के अंगुरी पर नाचत बाड़न्।

रामधनी : ई गलत बात ह माई!

बटुक : अच्छा इयवा! तें ईमाने धरम से पूछ त, कि बम्बई क सेठ पाँचे दिन में सात लाख रुपैया गान्ही जी के हाथ में दे देहलैं कि ना?

रामधनी : ऊ त दुसरा काम खातिर देहलें।

बटुक : हम हूँ नइखीं कहत कि गान्ही जी के पेट में ऊ सात लाख जाई, ओनकरा बकरी के दूध घिउ के फर-फरहरी में जे

रुपया दू रुपया रोज लागैला, ओकर इतिजाम एगो बरधै के सेठ क सकैला। मुदा जे बेसी पूजा चढ़ावैला, ओकर महतिमौ लोग गीत गार्वेला कि ना इयवा?

जगरानी : "सुर-नर-मुनि की ऐही रीति। स्वारथ लाइ करहिं सब प्रीती।" बबुआ! रमायन में हम आजै के पाठ में पढ़नी हाँ।

रामधनी : गान्हीजी के स्वारथ नइखै माई!

जगरानी : बेटा! सुर-नर मुनि से बढ़ि के जे तू गान्ही महतिमा के कहबा, त ई हम माने के तयार नइखीं।

बटुक : हाँ इयवा! गान्हीजी हिनुतानों में बनियन के राज करावे चाहत बाड़न्।

जगरानी : सुनतानी बबुआ! गान्ही जिउ अपनेहू बनिये हवें?

बटुक : जाति के बनिया के राज न इयवा! अरे जे केहू बनिया के काम करत-आ चिल्लाइत-अमिरिका जरमनी-जापान के बनियन लेखा से बनिया। ऊ चाहत बाड़ें हिनुतानों में बनिया-राज कायम होउ। मुदा एही बनियन के राख खातिर पचीसे बरिस में दु-दुगो बड़का लड़ाई हो गइल; ओही लड़इया में नू हमार बाबा मुवलें?

जगरानी : (आँखि में लोर भरि के) रामधनी के उमरि रहलैं बबुआ! तोहार बाबा सूबेदार।

बटुक : गाहक औ खदुकन के सरमेटै खातिर इयवा बनिया ओहि बेर लड़ाई कइले रहलन्। जरमनवा बनिया सब चाहत रहलन् दुनिया भर में हमार रोजगार बात चले ओही से ऊ लड़ाई भइल। पचीस बरिस बितला पर जरमन बनियन के पायक हिटलरवा फेनु ओही मतलब से लड़ाई सुरू कइले। आ अबकी बेर ऊ बड़का राछछ बनि के आइल बा। गाँव के गाँव उजारत, लाखन मेहरारू लइकन के मारत, जिल्ला के जिल्ला बरबाद कइल चाहत आ। समुच्चा दुनिया के

जीति के लोग पसु लेखाँ बना के राखे चाहत-आ, जौना में फेनु केहू किछु बोलै लायक ना रहि जाय।

रामधनी : अंगरेजो त हमनी के सुराज नइखे देत फेनु हमनी काहे के लड़ै जाई?

बटुक : जरमनवा के छोट भाई जपनिया राछछ जौन हाङ-काङ के आधा सहर के बड़का-छोटका घर के रंडीखाना बना देहले, ऊ जपनिया जे भुइली में आ जाई, त हमार ईजत लूटी कि अंगरेज के?

जगरानी : भुइली में कहाँ एकीगो अंगरेजिन मेहरारू बा?

बटुक : त इयवा! पहिलका लड़ाई में गरीब के बेटा आपन समुझि के लड़ाई में ना गइल रहै, ऊ गइल रहै अपना बनिया-मलिकन के हँसेड़ी बनि के। हमनी हँसेड़ी बनि के नइखी जात इयवा! हमनी जातानी एहि रछछवन के संहार करै, आ ओही साथे बनियन के राजोके संहार करे।

जगरानी : त बबुआ! सुराज के तेहूँ नु मानत बाड़े?

बटुक : हाँ इयवा! मुदा हमरा सुराज में भुइली में एको घर गरीब ना रहे पाई, केहू के लइका भूखा-नंगा न रहे पइहै। केहू मसलद पर बैठल-बैठल घिउ मलीदा खा खा मोटा के भइंसा ना होये पाई; आ न केहू काम करत-करत सिटुकि के लकड़ी बनै पाई।

जगरानी : त, तें एगो नइकी दुनिया बनावै चाहत बाड़े बबुआ!

बटुक : आजकल के दुनिया के करोड़न जवान एही खातिर मूवै जात बाड़ें इयवा! करोड़ में करोड़ों अदिमी न मुजा इहैं। हमनी के इहै नेति बा।

(परदा गिरत-आ)

अंक 3

सरग समान देस हमनी बनौली हाँ,

    जंहवा न केहु बा भिखारी, मोरि इयवा।

सऊँसे मुलुकवा के एक घर कइ देलीं,

    सब हवै अपनै सवाङ, मोरि इयवा ॥

सरजू-नैरैनी से नहरा बनौली हाँ,

    गावें गावें पनिया पटावै, मोरि इयवा।

खेते खेते हरवा चलत बा मोटरवा के,

    कबहूँ न पड़ैला अकाल, मोरि इयवा ॥

घरे घरे लइकी, लइकवा पढ़त बाड़ें,

    केहु नाहिं मुरुख अजान, मोरि इयवा।

गावें गावें नाटक-सिनेमवा चलत बाड़ै,

    देखताड़ें लइका सयान, मोरि इयवा ॥

छोट बड़ जाति न धनिक ओ गरिब बाटै,

    नहिं केहु रजवा हमार, मोरि इयवा।

नहिं जमिदरवा न केहु बनिजरवा बा,

    नाही बेटा सुदिया सवाई, मोरि इयवा ॥

बटुक   :   बताव त इयवा! पुरनकी दुनिया निम्मन रहे, कि नइकी?

जगरानी :   हमरा अँखिये देखत दुनिया कहाँ से कहाँ चलि गइल?
          होऊ चमरौटी के पता नइखे।

सोना	:	चमरौटी ना रहला के अपसोस त नइखे इयवा?
जगरानी	:	अपसोस काह होई बछिया!
बटुक	:	आ नतोह बेकहल बा?
जगरानी	:	(उसास ले के)–अब अपसोस होले बच्चा! साँच हम तोहरा मतारी के बड़ दुख देहनीं।
बटुक	:	ते त अबौ उहै नु बाड़िस्, मुदा नतोहिया के त कब्बों गारी ना देलिस्।
जगरानी	:	बुझात-आ हमहूँ ऊ नइखीं बबुआ! हजार तरह के गारी हमरा जीभ पर रहे, मुदा अब बरिसन हो गइल, कौनो मुँह से निकरति-आ; कुलि भोर परल जाति-आ।
सोना	:	इयवा! मन पार के तें बोल, त तोर नतोह कुलि गारिन के लिखि घाली, आ इयवा-नतोह दूनों के नाँव से छाप दीहल जाई।
जगरानी	:	ना बछिया! लोग का कही?
सोना	:	कहीं का? ई कुलि गारी दस-पनरह बरिस में भला जाई फेनु एही कितबिये से नु लोग जानी कि पुरनकी दुनिया में कइसन कइसन गारी चलत रहल हा।
जगरानी	:	ना बेटी ! जगरानियो नू बदनाम हो जइहें।
सोना	:	अच्छा त तोर नाँव ना रही, हम लिखि देब कि जहाँ-तहाँ से बहुत मेहनत से संगिरहा कइनी हाँ।
जगरानी	:	जाये दा, बेटी! का करबू ऊ कुलि गारी-फारी लिखि के।
सोना	:	देखत ना बाड़े इयवा! 'सारन समचार' में रोजे एकाध गो पुरनकी कथा, वियाह-सादी के गीत छपैले।
जगरानी	:	पढ़त बानी बिटिया! आ दु-तीनि गो कथा हमहूँ लिखली नु है।
सोना	:	आ इयवा! देखले नु कथा के साथें तोर फोटवो छपल रहै।
बटुक	:	बोलु इयवा! पुरनकी दुनिया में लिखाड़िन में तोर नाँव होइत?

जगरानी : लिखाड़ी ! जिनिगी भर रमायन पढ़त रहि गइनीं, अच्छर लिखहू ना सिखले रहलीं। ई त नइकी दुनिया में जब अपनी बोली में केताप आ अखबार छापे लागल तब नु हमरौ चाटक खुलल हा?

बटुक : आ बोल इयवा! हमरा अंडा खइले से तें डेराइल रहले?

जगरानी : हाँ, बबुआ! हम समुझत रहनीं, रजपुतवा जात से छाँट दीहें फेनु नाती के वियाह कहाँ होई।

सोना : त राजपूत के बेटी नानु मिलल इयवा! आखिर कायथे के बेटी सोनिया तोर नतोह भइल नु?

जगरानी : [सोना के गरे लगा के]–मोर बछिया रजपुत के बेटी से का कौनो कम बाड़ू। आ रजपुत कै बेटी त कै गो तयार रहलीं बबुवै नानु बियहलै।

बटुक : रजपुत के बेटी ना बियहले से तोरा के अपसोस त नइखै इयवा!

जगरानी : सोना ऐसन नतोह नानु मिलित बबुआ!

बटुक : ई कहाँ अँचरा के खूँट धरती प राखि के तोरा के गोड़ लागे ले? हमरा जाने में त इयवा! ई नतोह निम्मन नइखै। कहु त एके घर से निकार बाहर करीं?

जगरानी : हम हाथ में केताप लेहले खुरसी पर बइठल रहीले, त ओसे ई मति समुझा बबुआ! कि हमार आँख अपना चारों ओर देखत नइखै। पुरनकी दुनिया में मेहरारू मरद के गोड़ के पनही समुझल जाति रहै, आ तुलसियो बाबा लिखि देहलन् "ढोल गँवार सूद्र पसु नारी। ए सब ताड़न के अधिकारी"।

बटुक : त इयवा! तोरा ताड़न मिलल रहे?

जगरानी : तोहरा बाबा सूबेदार के कुलि जिनगी त पलटनियें में बीति गइल, कबहुँ दु-तीनि बरिस पर दू-एक महिन्ना के छुट्टी आवस्।

सोना : त इयवा! तें अकेले पर अगोरत रहलिस्? बटुक एइसन
करें त हम त पचास वेर एनके कान धैके उठाई बैठाई।

जगरानी : ई कान धैके उठावल-बैठावल मरदै के हाथ में रहै बेटी।
मुदा सूबदार कबों हमरा देंह पर हाथ न छोड़लें।

बटुक : जानत बाड़े इयवा! काहे पहिले के मरद मेहरारू के देहि
पर हाथ छोड़ि सकत रहैं, आज तोर नाती बटुक सोनिया
के हरुस बचनौ ना बोलि सकैला।

जगरानी : कहु बेटा!

बटुक : सोनिया त आजिकाल भुइली के पंचाइत के सरपंच नु हा;
जब सरपंच ना रहै, तबो पनरह सै रुपया साल के मेहनत
करत रहे; मोटरवा के हर जोते में ई समुच्चा सारन में मीर
भइल रहे; आ हम कमातानी बारहै सै रुपया।

जगरानी : छ सौ रुपया त हमरौ खिस्सा-कहानी लिखला में "सारन
समचार" से मिलि जाला।

सोना : इयवा! तें आपन जिनिगी के हाल एगो केताप में लिखि
घलती त निम्मन होइत। तोरा कलम में बड़ जोर बा।

जगरानी : हमरा बुझात रहे बेटी! कि गारियै में हम गाँव भर में फरकोर
रहबि। नइकी गारी बना-बना के देवै में हमरा हब्बास बड़
खुलल रहै।

सोना : उहे गारी के हब्बास अब कलम में नु खुलल हा। इयवा!
तोर बूढ़ अदिमी के लिखहू में नु तकलीफ होले। हमार मन
करत-आ, तें बोलु आ हम लिखत जाई।

जगरानी : तोहरा बेटी! गाँव के इतिजामे से कहाँ छुट्टी मिलति-आ।

सोना : त बटुक के कहु इयवा! ई लिखिहें।

जगरानी : सोचतानी बेटी! पहिले एइसन जे घरे-घरे चूल्हा फुंकात,
त आठ नौ घरी त तोहार चूल्हियै तर बइठलै बिति जाइत,
फेनु ई गाँव के काम ई लिखल-पढ़ल कइसे होइत?

बटुक : इयवा! तेंही नु वागी भइलिसु, जब पहिले-पहिल गाँव भर
के चूलिह एक कइल गइलू।

जगरानी : हम ही ना बबुआ! दस गोड़ी औरिउ रहनीं। आ तीन गो
बाबा जिउ लोग रहे।

बटुक : त हमनी जबरजस्ती नानु कइलीं? छोड़ि देहलीं, कहनी–दा
एहि पगलिन के कोरवैर सीधा, आपन बनावे खाँय।

जगरानी : अ दु इये महिन्ना में कुलि चिरई फुर्र से उड़ि गइलीं।

सोना : औ तें अकेले चूल्हा फूँकत रहि गइले नु इयवा!

जगरानी : हम सबकरा से पाछे चूल्हा छोड़नीं बेटी। इहे मुढताई।
(गाँव पंचाइत के पंच सारी-जूता पहिरलें तीनिगो मेहरारू
आ अधबहिया कुरता जंघिया जूता में दुगो मरद आवत
देखइलें।)

जगरानी : बेटा! अब हम जातानी तोहरा लोगन के पंचइती के काम
होई।
(जगरानी चलि गइलीं पाँचो पंच चहुँपि गइलन्)

बटुक : (हाथ बढ़ावत)–सुन्नर साँझ सब साथिन के।

सब : सुन्नर साँझ साथी बटुक के, सुन्नर साँफ साथी सोना के।
(सबै हाथ मिलावल)

सुकुरुल्ला : ईया त ना नु रहली हाँ, बटुक भइया!

सोना : तें बड़ चुल्ली हवे सकुरुआ! इयवा के बड़ हैरान कैरैले।

सुकुरुल्ला : ना सोनिया मोर सोने के भौजी! उहे अतवार के ज हमनी
सब लइका अंडा उसिन के खाई, उहै बतिया। मुदा बटुक
भइयवा जे इयवा के चरनाइमिरित पियौले, ऊ सुनि के
त हँसत-हँसत हमनी के पेट फाटै लागल। आ सुगिया त
औरो सुनि के लोट-पोट हो जाले।

सुगिया : हमनी ना सुकुरू देवर! बतुलिया के ना देखला।

बतुलिया : आ महदेंइया बहिन त कहत रहे, आजो जे इयवा ओइसे
पूजा-पाखंड करित, त हमनियों के मोका मिलित।

महदेई : सुखारी भसुर से पूछ, बतुलिया बहिन!

सुखारी : महदेई! दुनिया भर तोहार देवर, आ हमही अभागा भसुर बनै के बानी।

महदेई : एगो भसुरो नु चाहेला?

सुखारी : मुदा, ना हम हरखुयै महतो से उमिर में बड़ त तोहरै से; फेनु भसुर कइसे?

महदेई : इमान से कहतानी सुखारी भसुर! सुगिया आ बतुलिया गवाही दी हैं, चिट्ठी डरला में तोहरै नाँव परि गइल, हम का करीं?

सुखारी : हमहूँ चिट्ठी डरले रहलीं, त भौजाई में महदेई के नाँव निकसल।

महदेई : जेकरा गाँव भर भौजाई सेकरा चिट्ठी डरला के कवन काम? तूं हमार भसुर हवा। ओ देखा पुरखन के चाल छाड़ै के ना, तनी हमरा से देहिं ना छुवावै के। नाहीं त भसुर आ भवेह दूनों के नरकों में ठेकाना ना मिली। अच्छा चला बइठा खुरसी पर भसुर जी! अब पंचाइत के काम होई। सोना सरपंच के आँखि लाल-लाल भइल बा। (सब लोग बइठि के)

सोना : मंतिरी सुकुरुल्ला पहिले पुरनकी बइठकी के लेखा सुनइहैं। आ आजि की बइठकी में जिल्ला-पंचाइत पंच साथी बटुको के काम हवै, एहि वासते उनहूँ के रहे के कहल जात-आ।

सुकुरुल्ला : पहिला बइठकी में बहुत कहाइल ना रहै, हाँ, एहि बीच में पंचाइत के हुकुम पर कवन-कवन काम तमील भइल, कवन-कवन हो रहल बा, ऊ सुनावै के बा। धुरदहताल से भुइली के रसोईघर में एक मन दस सेर मछरी रोजिन्ना आवत रहल हा, अब पंचाइत के हुकुम से दु मन बीस सेर

क दीहल गइल। बइसाख के महिन्ना आइल, अब मछरी दूना निकारि के चिट्ठा के मोताबिक गाँवे-गाँवे भेजल जाति-आ।

महदेई : मुदा सरपंच सोना! दयालपुर आ सेनुआर का रसोइया लोग सिकाइत करत-आ, कि मछरी हमनी किहाँ अबेर से चहुँपति-आ, गमकि-ओ जाति-आ।

सुकुरुल्ला : साथिन महदेई के कहल ठीक ह। मुदा अब ऊ सिकाइत ना होये पाई। हमनी के पास लोरी कम रहलि ह, परसों साँझि के बीसि गो नइकी लोरी सारन सहर से चहुँपि गइलीं। दिन भर के फँसावल मछरी ए गो बड़का जालीदार थइला में पानिये में राखल जात बाड़ीं, आ पहर भर रातै से लोरी छूटे लागत बाड़ीं

सुगिया : एकर मतलब भइल, कि सुरुज उगत-उगत मछरी सब जगह चहुँपि जाति-आ।

सुकुरुल्ला : हाँ।

सुगिया : आ फसिल कइसन बा साथी मंतिरी!

सुकुरुल्ला : हमरा जवार में गोहूँ सड़तर-पड़तर चालिस मने बिगहा भइल हा। भुइली में त खाली मछरी आ साग-भाजी के कारबार बा। आलू के हिसाब त साथी सब जनते बाड़ें। पियाज खूब निम्मन लागल बा, सौ मने बिगहा जाये के उमेद बा। आलू खनते, कलकतिया खाद दियाइल हा।

बतुलिया : आ ककरी खरबुज्जा?

सुकुरुल्ला : ककरी, खरबुज्जा, लौकी, कोंहढ़ा, करैला औ दूसरो फल तरकारी बड़ निम्मन बा। खरबुज्जा के बीया लखनऊ से मँगावल गइल ह। मालुम होत-आ कवनो पानी के फेर बा, अपने इहाँ के जनमल ओही खरबुज्जा के बीआ से ओतना मीठा खरबुज्जा ना होखे। हमरा साथी कमकर,

कमकरिन लोग बड़ी मुहतैदी से काम करत-आ। दलपति सिटहल राउत, मूँगा के टोली के काम के बहुत सराहना करत बाड़ें।

बतुलिया : मूँगा बहिन के टोली तीस-मने कट्ठा आलू उपरजलै ई साथी लोग के मालुम बा।

सुखारी : औ मूँगिया कहत रहल, कि हमनी के पियाजो दस मन कट्ठा उपराजब।

सुकुरुल्ला : अउरि त कुलि बात हो गइल, एगो बड़की बात पर हमनी के राय करै के बा। भुइली, एकमा, हंसराजपुर, आमडाढी ओगरह दस गो गाँवन के बसगित के एक जगह बसावै के बात सारन से पुछाइल बा। दसो गाँव एपर विचार करत आ। हमनिओ के एहि बतिया के फैसला त गाँव भर से लेवे के परी बाकी एहि पंचाइतो के आपन राय कौनो निहिचय कर के चाही।

सुगिया : हमरा से जेकरै से बात भइल बा, ओमे केहू केहू बूढ़ लोग कहत-आ कि पुरखन के डिह छोड़ल निम्मन नइखै। बाकी त सब लोग कै कहतब इहै बा कि एक जगह बसिगित बसि जायेब निम्मन ह। बिजली त तार पर बा, एहि वासते भुइली में का धुरदह के चंवर तक में मछरी मारै खातिर लागि गइल बा। मुदा पानी के नल एक जगह से दस गाँवन में ले गइला में लोहा के पंप बहुत लागी। एक जगह दसो गाँवन के बसि गइला से ओकर खरच बहुत कम होई। हमनी के नहानघर में नल के लागल बहुत जरूरी बा।

सुखारी : आ पैखानो के अब अदिमी से ढोआवै के काम नइखै, उहो नल से हो सकैला, आ गाँवे गाँवे नल लगौला में बहुत खरच होई।

सोना : इसकूल, असपताल, नाटकघर सब बातै के इतिजाम
अच्छा होई। बटुक साथी! सारन में हमनी के बड़का
पंचाइत के का राय बा?

बटुक : सिवान-गोपालगंज की ओर आधा जिल्ला से बेसी में
बड़का बड़का गाँव बसि गइलैं।

सुखारी : हमहूँ हथुआ की ओर देखनीं, मार उज्जर-उज्जर पक्का
घर रात के बिजुली से जगमगात, चारों ओर साफ-सुत्थर,
हरियर-हरियर बगइचा, दूब-बिछावल खैले के मैदान देखि
के मन खुस हो जाला।

सुगिया : हम समुझतानी, समुच्चा बसती के नाव लेनिनपुर और
मोहल्ला के गाँव भुइली, एकमा हँसराजपु...राखि देहला
में बुढ़वौ लोग के मन रहि जाई।

बतुलिया : इहै राय हमरौ बा।

सब : हमनी सब के इहै राय बा।

सोना : त इहे राय पास। आज के बइठक के काम खतम भइल।

(सब लोग चलि जात-आ)

अंक 4

(जगरानी रामदेवसिंह विसुनदेव परसाद और रमेसर तिवारी चारों बूढ़ एगो गाछ के छेहरा खुरसी पर मेच के समने बइठि के चाय पी रहल बाड़न।)

जगरानी : हमनी क पुरनकी दुनिया से लइकन के ई नइकी दुनिया कइसन् निम्मन बा रामदेव बाबू?

रामदेव : का निम्मन बा! एकनी के बोलहू के लूर नइखै। छोट बड़ किछुओ ना जाने सब के 'साथी' 'साथी' कहैलें। एनकरा खातिर सबे धन बाईस पसेरी। होऊ न देखा सुखरिया चमरा के, ऊ लेनिनपुर के मालिक बनल बा।

जगरानी : मालिक नइखे रामदेव बाबू! सरपंच हवें।

रामदेव : उहै एक्कै बाति हा। पचास पुहुति से हमरा खनदान परसा में राज करत चलि आइल। हमरा के लोग कहत रहै, बाबू रामदेव परसाद नरायन सिंह। जब गढ़ से निकसत रहनीं त बीस गो मोसाहिब, आ पट्टा जवान पाछे-पाछे चलें। परसा के ऊ बाजार कहाँ बा, अब त कुलि पंचइतिया अपना हाथ में ले लेहलस।

जगरानी : मुदा पहिले परसा में रोजिन्ना पंच-पंच सै रुपया के सेब-अँगूर ना नु बिकत रहे। आज देखी नु पंचमहला मकान में कैसै तरह के चीज सजाय के राखल बा। मोलौ भाव करै के काम नइखे, दाम लिखि के कागज साटल बा।

रामदेव : ई सेब अंगूर चमार-सियार के मुँह में जाये लायक हा? हमनी के राज में साँवा मँड़ुवा आध पेट मिलत रहल, आ

अब देखा उहै सुखरिया चमार लेनिनपुर के...नाहीं, हमनी पुरनकै नाँव राखल जाई एकमा-भुइली के—मालिक भइल बा।

(यही बखत सरपंच सुखारी, सोना, बतुलिया, तीनि गो अउरी मेहरारू मरद के साथे कान्हे पर फरुहा रखले समने से निकरलैं। मेहरारुनो के पोसाक जूता, जंघिया, अधबहियाँ-कुरता औ कपारे पर घाम रोकैवाला टोप मरदै जइसन बा। रामदेवसिंह पहिलेइ उठि के खड़ा भइ गइलैं। सुखारी टोप के दहिना हाथ से उठा के हँसत बोललैं)

सुखारी :	सब बूढ़ा साथी लोगन के सुन्नर सबेर। (फेनु ऊ लोग आपुस में किछु बतियावतै चलि गइल!)
रामदेव :	(बइठि के मुँह बिंचुका के)—देखा नु जगरानी बहिन! तू हऊ भुइली के निकुम्ह रजपुत, आ हम एकसरिया भुँइहार कुल भुँइहारन में सिरताज, से ई चमार-सियार, जोलहा-धुनिहा के सामने खड़ा होखे के पड़त-आ?
जगरानी :	ऊ जबरदस्ती नइखे नू करत? बाकी देखतानी रामदेव बाबू! अपने हमनियों से पहिले ठाढ़ हो गइनीं?
रामदेव :	जौना बखत हमार मोटर परसा बाजार से निकरै, त कुलि बनिया-बकाल ठाढ हो करिहांव दोहरि के सलाम करें; सेही रामदेव सिंह के सुखरिया के सलाम करे के परत-आ।
जगरानी :	ना करीं त सजाय ना नु करी?
रामदेव :	उपहास करे लगिहैं बहिन। एक दिन परसा में हमरै भेख बना के मोटर पर निकरले रहें, आ परसा के आजकल के इ बड़की पकिया सड़क पर खड़ा हो के भुई ले हाथ चहुँपा चहुँपा के सलाम सरकार कहि-कहि हमरा नाँव पर हसत रहले। का करीं, खून के घोंट पी के रहि गइनीं। ना भइल पूरनका दिन, नाहीं त हलखोर सिंडवा से पकड़ि मँगवा के गढ़ पर धुरछक उतरवा देतीं।

जगरानी : त रामदेव बाबू! अपना के ई नइकी दुनिया निम्मन नइखै लागत? अपने चाहतानी कि ओहीतरे लोग करिहाँव दोहरा के सलाम करौ, ओही तरे लोग आघ पेट मंडुवा-कोदो पर गुजर करौ, आ सेब-अंगूर ना खाव; ओही तरे हाड़-हाड़ निकरल लइका लगा फिरें?

रामदेव : चारि जुग से बड़का छोटका चलि आइल ह, पाँचों अँगुरी बरोबर ना होले। कहा बिसुनदेव बाबू!

बिसुनदेव : साँचे कहतानी सरकार! हमरा रसूलपुर के कायथ अ परसा के बाबू ई राजा देवान के नाता चारों जुग से चलि आइल बा। हमनी के ऊ अपनी जिनगी भर निबाहै के बा।

जगरानी : आ हई अपना नातिन सोनिया के फरुहा कान्ह पर ध के चलत नइखै देखत?

बिसुन : पगरी उतारि लेहले जगरानी बहिन! तुंहही बतावा ई निम्मन बा?

जगरानी : कायथ के बेटी राजपुतिन के पतोह होय, ई निम्मन बा?

बिसुन : इहौ अनेति हा, मुदा का कइल जाव, इनरवै में भांगि घोरा गइल बा दुनियवै नु बौरा गइल बा!

रमेसर तिवारी : बरेजा में हमरै घर भर-बलुक कहीं हमरे देहिं भर नेति रखले बा। पुरिखा रामजी के मंदिर बना गइल रहलै से दूनों साँझ जा के हम पूजा करीले, आ रामजी से विनईले कि हे भगवान! कहिया अकलंकी औतार लेबा?

जगरानी : तिवारीजी! हमरा नतिया बटुकवा के जानैला नु?

रमेसर : तोहरा नतिया के के ना जानी, उहै नू कपतानी छाडि के एहि जवार में ई कुलि खुराफात रचलस, आ पहिले दुसरा जाति में बियाह कइले। बिसुन बाबू! नराज मति होइहा।

बिसुन : हमार चलत होत त तिवारी जी! एहि छौंडि के दीदा रहल बियाह करै के? आ देखत नइखीं हमरै समने जंघिया

पहिरले टोप लगौले चलल जातिआ, देखि के बोलति आ 'सुन्नर सबेर' जनुक एनकरा ना कहला से सबेर सुन्नर ना होई।

जगरानी : अरे बिसुन बाबू! चीन, जापान, रूस, बिल्लाइत, अमिरिका, सबे जगह 'सुन्नर सबेर', 'सुन्नर दुपहर', 'सुन्नर साँझि', 'सुन्नर रात' 'सुन्नर दिन' कहल जाला, ओही से हमनियो के लइका कहत बाड़ें एमें बाउर का बा?

रामदेव : जगरानी बहिन! तू हमनी बूढ़न में सबसे बड़, बाकी तू लइकन के पछ लेलू ई काहे?

जगरानी : नइकी दुनिया में लोग के हम बेसी सुखी देखतानी। देखीं हमरा समुच्चा सारन जिल्ला में केहू भूखा-भिखमंगा लौकत-आ? आ खाये के बताई लेनिनपुर, परसा, भै कौनौ गाँव के रसोईघर में जा के देखीं, एतना निम्मन भोजन अपनेहूँ के जेवनार में बनत रहल हा?

बिसुनदेव : हमनी के जिमदारी, मोलहु साहु के रोजगार आ चाउर के मील इहै कुलि छीनि-झपटि के नु ई छप्पन परकाल बन रहल बा!

जगरानी : खाली ओतने से गाँव भर छप्पन परकाल ना खाइत बाबू! देखत नइखी होऊ बिसुन बाबू के नातिन सोनिया कान्हे फरुहा लेके जाति बिया। ई जे समुच्चा मरद मेहरारू जाँगर चलावत-आ ओही से ई छप्पन परकाल बनत-आ।

बिसुनदेव : हमरा नातिन के नाँव मति ला जगरानी बहिन! हम मनावतानी भगवान् से कि अब हेई कुलि मति देखावा।

रमेसर तिवारी : साँचै कहत बानी बिसुन बाबू! हमरा गाँव में त गिरीस के घर बहि गइल। ओनकरा नतोहन में कौनिउ जाति नइखै बंचला। हमनी के घरे मेहरारू के ईजत रहलि हा।

बिसुनदेव : खवास खवासिन छोड़ि केहू परछाई ले ना देखि सकत
रहल हा, से देखीं हई कसबो पतुरिया लेखा मुँह खोलले
घूमति बाड़ीं। माँझी से सारनले ई रेल के संडक का
बनति-आ, एहि लोग के रूप के बाजार लगावै के मोका
मिलि गइल हा।

जगरानी : एइसन मति कहीं देवान जी! हमनियें के नु बेटी पतोह
बाड़ीं। अपने सब नहकै पुरनका दिन के झखत बानीं। ऊ
अब फनु लउटि के न आई। देखतानी, हमनी के जमाना
में एक घर के दस घर, दस घर के चालिस घर बँटातै जात
रहल हा आ अब देखी समुच्चा देस एक घर बनि गइल।
मेहरारू मरद सब ओही एक घर के सवाँग हवै। जे काम
करै लायक बाटे, सेके देंह चोरावै ना दीहल जात-आ। जे
देहि से बेकाम बा, तेकरा के खाये-पीये, पहिरे-ओढ़े के
इतिजाम देस करत आ। लइका लइकिन के पोसे पालै,
पढ़ावै-लिखावै के एइसन सुन्नर इतिजाम कौनो जुग में
रहल हा? हमरा त देखि के अँखिया पतियाय ना, कि
एही छपरा जिलवा के घरतिया में एतना अन धन कहँवा
लुकावल रहें। हमनी पुरनकी दुनिया के अदिमिन के ई
सरग एइसन नइकी दुनिया के देखि के खुस होये के चाही!

[एही बखत मरद मेहरारू फरुहा लेहले गावत अइलन।]

उठु उठु रे तें मुखबन्हुआ, उठु रे धरती के अभगवा।

बा न्याव बजर घहरावत, जनमत बढ़िया संसरवा ॥

पुरुबिल फेनु नाहीं बान्हीं, उठु रे अब नहिं तें बन्हुआ।

नइ नेव उठत बा जगवा, ना रहलें अब सब होइबे ॥

आ जुटहु संघतिया समुहे, ई आखिरि बेर लड़इया।

जोंक

नाटक के खेलाड़ी

नोहर राउत	मुखिया खेलाड़ी
बुझावन महतो	किसान
सिरतन लाल	जिमदार के पटवारी
ढोंढामल	मिल मालिक
भाकुर चन्द	दूकानदार
लादूचंद	भाकुर के बेटा
दुब्बर साहु	महाजन
रमजान	मजूर
गोपाल गिरि	संन्यासी साधू
रामदास	वैरागी साधू
भगतिन	बिधवा बाभनी
पंडित	पंडित
मंसीजी	मुनीम
रंगसिंह	जिमदार
लोटन साहु	महाजन
नोकर	नोकर
अंग्रेज सिपाही	सिपाही
खेलावन	सिपाही
हिनुतानी सिपाही	सिपाही

ई नाटक जुलाई 11, 12 तारीख (1942) के हजारीबाग जेहल में लिखल गइल।

अंक 1

(गीत गावल जाति-आ)

हे फिकिरिया मरलस् जान।

साँझ बिहान के खरची नइखे, मेहरी मारै तान॥

अन्न बिना मोर लड़का रोवै, का करीं हे भगवान ॥ हे० ॥

करजा काढ़ि-काढ़ि खेती कइलीं, खेतवै सूखल धान ॥

बैल बेंचि जिमदरवा के देलीं, सहुआ कहै बेइमान ॥

(बुझावन महतो एगो फटवा-मइल घोती पहिरले खड़ा बाड़े। एही घरी नोहर राउत के आँखि बुझावन महतो की फिल्ली पर पड़ल, ऊ झट से फिल्ली से कौनो चीजु नोच के बुझावन से कहलाँ।)

नोहर : हई देखा बुझावन महतो।

बुझावन : (थमि के) नोहर भाई! फेंकऽ होने, फेंकबो करबा, हमरा पंजरा जनि लेआवा, का दु करिया-करिया हिल्लत-आ।

नोहर : तोहरे फिल्ली में से निकलनी हाँ, देख नु हई गोड़ लोहू-लोहान भइल बा। ना जानी केतना बेरि से लागल रहल हा!

बुझावन : (खून से समुच्चा फिल्ली के भीजल देखि के) जोंक लागल रहल हा, नोहर भाई ! हमार माथा घूमत-आ। (बइठि गइलें)।

नोहर : (बइठि के घाव के मुँह अँगुरी से दाब के) भइंसवा जोंक हा बुझावन। आपन मतलब क चुकल बा। ही देखऽ नु अउँठा कइसन मोट बा।

बुझावन : ओकरा ओर देखे के मन नइखे करता। पाव भर खून पियले होई नोहर भाई?

नोहर : ना, पाव भर ना, पाव भर बहुत होला, मुदा कनवाछटाँक से का कम होई। केतना त खून बनि गइल हा। तोहरा मालूम ना भइल ह बुझावन?

बुझावन : जोंकि के लागल ना नु मालुम होखे। हम पोखरा में भइंसिया के धोवली हाँ, मिगडाह नु तपल बा, रोहिनी के पानी बरिसि गइल बा से पोखरवा में नयका पानी बहुत बा, नयका पनिया में ना जाने कहाँ से छैटी के छैटी जोंक उप्पर भइल बाडीसन्।

नोहर : तोहरा तनिको ना बुझाइल हा?

बुझावन : ना नोहर भाई! हम अपना भइंसिया के ढोंढी से चारिगो जोंक निकारि के बिगले रहली हैं बाकी हमरा ई ना पता रहल है कि हमरो जोंक लागल बा।

नोहर : अदिमी के खून मिट्ठ होला बुझावन! ऊ एक कनवा पी के मोटाइल बा। हम फेंकि देनी, देखा इतना पिअले बा कि मुँह से खून निकरि रहल बा। मुदा पाकी ना, लोग कहेला जोंकि के काटल घाव पाके ना।

बुझावन : साचे नोहर भाई! नाहीं त हमार भइंसिया त सरि के मुइ गइल रहित रोजे ओकर देहिं से चार गो पाँच गो बीगीले। भगवान् एनी के काहे के बनौलें?

नोहर : हमनी के देहिं में जम्मा-पूँजी नवै सेर खून बतावल जाला।

बुझावन : त एक्कै कनवा निकरला से कपार में घुमरी काहे आवेले नोहर भाई?

नोहर : घुमरिये के पूछत बाड़ा, बेसी खून गिरि गइला पर अदिमी मरि जाला। गोड़ के मोटकी नस काटि दा, जे खून ना बन्न होई त अदिमी मर जाई। दुइ मन के समुच्चा देहिं में उहै नौ सेर खून फइलल बा।

| बुझावन | : | छोड़ दा नोहर भाई, खून बन्न हो गइल। |
| नोहर | : | [हाथ हटा के] हाँ खून बन्न हो गइल। |

बुझावन : [उठि के जोंक पर हुमचि-हुमचि के पाँच छ ऐड़ी मार के] नोहर भाई! देखा केतना खून बहत आ, इ जोंकिया सुटकि के पातर हो गइल, बाकी मूअल ना।

नोहर : जोंकि के जिउ बड़ा कठकरेजी होला! बुझावन! ऊ जलदी ना नु मूवै।

बुझावन : हाँ, नोहर भाई! लोग त कहेला कि सुखा के पीस के फेंक दीहल जाय, तबहूँ बरखा के पानी बरसतें जोंक फेनु जी जाले।

नोहर : ई हमरा नइखें मालुम, बाकी जोंकि बड़ कठकरेजी होले, ई देखतै बाड़ा।

[गाँव के पटवारी सिरतन लाल टोपी-मिरजई पहिरले, कान में कलम खोंसले अइलें।]

बुझावन : सलाम देवान जी! कहाँ घुमतानी।

सिरतन लाल : मालिक के दु मन घिउ, पाँच मन दही, दु गाड़ी कटहर केतना कुली दे के अबगे बिदा कइनी हाँ, तीन दिन से परसान-परसान रहनी हाँ, बुझावन महतो! आज इहै जाके साँस लेहनी हाँ।

बुझावन : देवान जी! ई पँच-पँच मन दही, दु-दु गाड़ी कटहर, एगो खस्सी हमहूँ देहनी हाँ, फेनु सुनतानी गाँव से बारह गो खस्सी अउर गइल हा, मालिक के छगो परानी ई कुलि ले के का करिहैं?

सिरतन : तुहूँ नोनिये भुर्चेंग रहि गइल! बड़का लोग के अपने देह ले नानु होखे। एक अदिमी के पाछे पचास गो जियैला; तौनो में ई त बबुई जी के वियाह के सरेजाम नु हवे?

बुझावन : एगो बरात के सरजाम त हमरै गाँव से गइल हा, फेनु हमनी के मालिक के छप्पन गो मौजा बाटे, ई कुल्ह रखहू के जगह त ना होई?

सिरतन : राखै के कौन बात लेले बाड़ा, देखले नइखे, भंडारघर केतना बड़ बा? भंडारी के हाथ में चाभी के झब्बा नइखे देखले? फेनु सरकार संतोखी साह के गोला खाली करा देले बाड़ें।

नोहर : हाँ, जब गाँव भर के घर खाली करा दीहल जाय, त छप्पन मौजा का छसै मोजा के चीज-बतुस राखल जा सकैले।

सिरतन : बुझावन महतो! अबकी चला नु तुहीं का केहू सवाँग के भेजबा मरदे! उहाँ दुसै ले त नोनियै जुटिहें।

नोहर : भूँइहार बाबू के घरे बरात आई; औ ई दु सै नोनिया जुटि के का करिहैं?

सिरतन : फरुहा-कुदार के बहुत काम रहैला नोहर! बबुआजी के बियाह भइल रहल, त रहल न रहला?

नोहर : ना देवान जी! सुनी ले खाये बिना गति बनि जाले, एही से ना जाई।

सिरतन : खाये के तकलीफ न होले, हमरा त नइखे भइल।

बुझावन : अपने के का होई, अपने के त बहनोईये बाड़े दरबार में...। बाकी देवान जी! एक ओर से लूट लागल बा। अदिमी के बर-बेगारी में अपना कपारे चीज बतुस आदि के दस कोस पहुँचावे जाला। मर-मजूरी त का मिली, अपना घर से सतुआ बान्हि के जाईले, इहो ना होला कि हमनी के जुरतै छुट्टी मिल जाओ; चारि दिन चिट्ठियै-पुरुजा देवे में लगा देलें।

सिरतन : एमें सरकार के कौनो दोस नइखें बुझावन महतो! दरबार में अइसहीं चलेला। एगो सरकार के पीछे हजार गो अदिमी जीयलें बड़का के इहे नु ह?

नोहर : आठ आना रुपया महीना जब तनखाह दिआई, त अदिमी
का करी देवान जी! ई त मालिक के नु सोचे के नु सोचे के
चाही कि रुपया आठि आना महिन्ना में हरवाहो-चरवाह
आजकल के दिन में ना मिली।

बुझावन : तीन ढेबुआ सेर त मंडुआ बा नोहर भाई औ ढेबुआ सेर
महुआ।

नोहर : मंडुओ-महुआ से गुजारा करे त खाली खोराकी में
एक अदिमी का डेढ़ रुपया महिन्ना लग जाई, आपन
कपड़ा-लत्ता आ मेहरारू-लइका के पोसे के त बातै
फरका? मालिक ई नइखें देखत?

सिरतन : सनातन से दरबार में जेकर जेतना नोकरी लाग जाइल बा,
उहै चल जाति आ। देखत नइखै, हमार तनखाह पचीस
रुपया साल हवे, दु रुपया के महिन्ना।

नोहर : मुदा देवान जी! अपने महरौली के बारह टोला के राजा
बनि के बैठल बानी। छः हजार के तहसील में रुपया पीछे
दु पैसा केतना होला?

बुझावन : औ खाये-पिये में एको पैसा खरच ना होखे के, घर भर के
काम एहीं से चलैला।

सिरतन : अब का अमदनी बा बुझावन महतो! हमरा बाबूजी के
बखत देखता, एही महरौली में सोना बरसत रहल हा।

नोहर : महरौली में सोना अबहियों बरसत-आ देवान जी! बाकी
हमनी खातिर ना पाँच हजार के तहसील अब छः हजार
हो गइल। दु दु पुहुत के जोतल खेत मालिक निकासि के
जिरात बना लेहलें, दुसै बिगहा जिरात कबहीं रहलह
देवान जी! ई हमनी का मुँहे जाब लगावल हा नू?

बुझावन : आ. सुनतानी मोटरवाला हर आवत-आ, जौनो गाँव के
चमार हरवाहा दु महिन्ना जीअत रहले हाँ, उहो बन्न भइल
ओकनी के मुँह के अन्न छूटल।

सिरतन	:	बकास के झगड़ा जिला-जवार में ना उठल होइत, त ना नु निकलतें? सरकार के एमे कौनो खसूर नइखे।
नोहर	:	ए देवान जी! देखत-देखत आँख पाकि गइल। जान पड़त! आ कि महरौली में जेकर जनम-मरम बा, जेकरा हजार पुहुत के हाड़ इहाँ गलि गइल से किछुओ ना। औ दस कोस लमहरा ई अमहरा के बाबू साहेबै महरौली के सब कुछ बाड़ें।
सिरतन	:	नोहर राउत! तोहार सिकाइत कई बेर हमरा कचहरी में चहुँपल ह, मोहित राउत के खियाल आवत-आ, नाहीं त जानत नु बाड़ा, जिमदारी फन्ना।
नोहर	:	देवान जी! बाबू के खियाल मति करीं, जिनगी भर एगो भइंसि के उठौना बे पैसा के लगौले रहलें, आ, ओही से नु अपने के छोह बनल रहल हा।
सिरतन	:	मालिक के जमीन में बसल बाड़ा, उनकरा निगाह से जीयत-खात बाड़ा सेंतिहे नानु दही-दूध देला?
नोहर	:	ए देवान जी! बघउछ बाबा के चौरा अबहिन ले हमरा इहाँ हर साले पुजाला। महरौली कुल्ह जंगल रहै, जब हमनी के पुरुखा अइलें। हमार, बुझावन आ अउर लोग के पुरुखा जंगल काट के खेतबारी बनौलें, बघउछ बाबा लेखाँ कतना लोग के बाघ मुअवलस् घर के केतना बच्चन के हुँडार उठा ले गइल।
बुझावन	:	हुडरही त हाँ खनो हमरा दादा के होस तक होत रहल हा, नोहर भाई।
नोहर	:	आ खेत बनावै में केतना अदिमी साँप के कटला से मु गइलें, तब महरौली गाँव बसल, तब महरौली में सोना बरिसे लागल, तब ओही सोना के लूटे खातिर अमहरा के बाबू चहुँपले। अमहरा के बाबू के एको बुन्न पसीनों नइखै चूअल महरौली में।

सिरतन : बिधि बरम्हा के रेख पर मेख मारल तोहरा हाथ में नइखे
नोहर! तोहार अमहरा के गढ़ में नइखे न जनम भइल, नाहीं
त तुहूँ दु लाख के तसील पर बइटता, मजिहटर साहेब
तोहरौ के खुरसी दीतें। आपन हसियत देखा!

नोहर : ए देवान जी! इ हमरा कहला के जवाब ना भइल। हमनी के
जनम महरौली में भइल बा। हम त इह जानी ले कि मतारी
के थन में दूध पहिले आवेला तब लड़का जनम लेला।
हमनी के जनम जब महरौली भइल बा त महरौली हमनिये
के जीये-खाये खातिर हवे।

सिरतन : जीअत-खात नइखे? महरौलिये का परताप से बाबुए
साहेब का परतान से नु? जौना पतरी में खाये के ओही में
छेद ना करे के नोहर राउत!

नोहर : बाबू साहेब के पतरी होई, त अमहरा में होई, महरौली
में ना देवान साहेब! महरौली ओही के हवे जेकर पुरुखा
जंगल काटि के, बाघ हुंड़ार मारि के एके अबाद कइलें;
महरौली में सोना बरसत-आ, ओही हाथन के परताप से,
जौनन में दस दस गो ठेला पड़ल बा।

सिरतन : तोहरा अकिल से सोचे के होई, तब नु? मुदा 'अन्हरा के
आगे रोवै आपन दीदा खोवै' अहिर के बुधियै केतना?

नोहर : लूटै के बुधि नइखे, खून चूसे के बुद्धि नइखै; बाकी माटी
के सोना हइहे हथवा बनावेला देवानजी! छः हजार
माल-गुजारी दा, तीन हजार बबुनी के वियाह में दा, दु
हजार मोटर के चिट्ठा में दा, पान से हाथी के चिट्ठा में दा,
तीनसै घोड़ा के चिट्ठा में दा। साल भर बगारी करत-करत
मू-आ। हेइ मालिक के सवारी आइल, हेई मनेजर साहेब
के हुकुम आइल, हेई सजावल साहेब अइलें, हेई पटवारी,
हेई सवार हेई सिपाही-पियादा, हेई गोराइत-बराहिल। दुत्

तोरी की! कमाई हमनी के, ओ हरियरो ना होये पाई, जेही आवत-आ से ही कुपुटि के खा लेत-आ।

सिरतन : घास जेतने कटाले-नोचाले औतनै फुनगी फेंकैले। नोहर! तोहरा लोगन के एतना ना देवे के पड़ित, त इतना कमइबो ना करत-आ?

नोहर : कमा-कमा के मुवही भर हमनी के काम ह। औ हमनी के कमाई में आगि लगावेवाला उहाँ अमहरा में केहू बैठल बा। बबुआ के बरात गइल रहल, त कै हजार अदिमी गइल रहले पाँच हजार त अतिश-बाजी में उड़ावल गइल। बनारस, लखनऊ आ कलकत्ता तक के दसगो नामी-नामी तायफा गइल रहलीं, ई केकरा कमाई से देवान जी?

सिरतन : अपना भागसे नोहर राउत! कमायेवाला कमाला, भाग-वाला खाला। “करम प्रधान विस्व करि राखा। जे जस करै से तस फल चाखा।” बाबू साहेब ओह जनम में करम कइले बाड़ें “तप चुकि राज” भइल बा, तू ओह जनम के पापी हवा, उहे भोगत बाड़ा? केहूका हिरिस कइलासे ना किछुओ होला।

नोहर : त हमनी जे ई घाम में खेत कोडत-जोतत मूईले, बरखा में दिन भर भीजीले; धान रोपीले, घास सोहीले, जाड़ा पाला में कठुआते खेत में सत्ती होई ले, ई करम किछुओ नइखे?

बुझावन : हमरा सोझवा अदिमी के बुधि में त इहे आवत-आ, कि भगवान् जेकरा के जौना गाँव में जनम दिहलैं भगवान की ओर से ऊ गाँव ओकरे लिखा गइल; बाकी कागज-पत्तर के बात से भगवान की ओर से नइखै लिखा के आइल। महरौली के कचहरी से छपरा के कचहरी ले देखले नु बानी, कैसन कागज में इमानदारी राखल जाले!

नोहर : बुझावन! ज धरतीमाता के पाछे आपन खून-पसीना
एक करेला, उहे इमनदारी के अन्न खाला, नाहीं त ई
जिमदार बड़का जोंक हवे। बाप रे बाप! हमनी के देही में
रचिको रकत ना रहि गइल, हाड़ौ-चाम एक जगहा राखल
मुसुकिल बाटे, आ ओन गुलछर्रा उड़त-आ।
      (परदा गिरि जात-आ)

अंक 2

हाइ हो देहियाँ लगली जोंक।

रात-दिना हम कमवा में खटलों, कपरा लेहली ठींक।

डेढ़-सवाई सहुआ कइले, देलै करेजवा भोंका।।

खोलि दुकनिया सेठवा लूटै, दैवो के नाही रोक।

मिल में बइठि मजुरवा रोवै, भकसी देहले झोंक ।। हाइ हो० ।।

(सेठ भाकुरचंद दुकानदार, सेठ ढोंढामल मिल-मालिक, दुब्बर साहु महाजन तीनों अदिमी एक एक मोट, गोड़ छितरौले आवत बाड़ें, दुब्बर साहु उड़ुकि के गिरि गइलैं, डोंढा आ भाकुर निहुरही में ओनहीं के ऊपर गिरि पड़लें।)

दुब्बर साहु : बाप रे बाप! पिसा गइनीं केहू उठावा हो।

ढोंढामल : जिउ गइल रे दादा! भकुरवा हमरौ के जंतले बा। अरे कौनो बंचावा।

भाकुरचंद : घ्-घ घ-र-वा क्-कै क्-कुली ब्-बे-क-तिया म्-मु ग् गइ-लें क-का!

ढोंढामल : पेट फाटत-आ रे भकुरवा! कहाँ से तोरा घरे अइनीं।

भाकुरचंद : ह-ह-मरा क्-क् के म्-म्-म्...

दुब्बर साहु : हाइ मुअनीं, हाइ, हाइ...।

(तीन गो नोकर आ के पारी पारा तीनों जने के उठा के खड़ा कइलें, फेनु मेंच पर खुरसी पर तीनों जने बइठलै।)

भाकुरचन्द : (हाँफत, हाथ से पंखा करत) द्-दु-ब- स्-सा-हू! च्-च् चो-ट्-टि?

दुब्बर साहु :   (साँस तर-उप्पर होत) जिव बाँच गइल भाकुरचन्द जी!
पहिले असगुन भइल।

ढोंढामल :   पैदल दुइयो डेग चलै लायक ना हवे। आ दुब्बर साहु!
नौंवा कै कौनों लेसो नानु तहरा में बा। मरदवा! तनी खैका
कम करे के चाही।

दुब्बर साहु :   रामदुहाई ढोंढा! खोराक आधी क देहनी, दूनों साँझ मिला
के खाली डेढ़ पाव घीउ लेतानी। सहुआइन फिकिर के मारे
झुराइल जात बाड़ीं।

ढोंढामल :   ऊ काहे?

दुब्बर साहु :   हमार देहियाँ कछिओ-बा? कहत बाड़ी 'तू त सूखि के
काँटा होत जात बाड़ा'।

ढोंढामल :   काँटा ! समुच्चा कलकत्ता सहर में इहै हमनियें तीन गो त
झुरा के कॉट भइल बानी।

हुब्बर साहु :   हेई मरदवा, भाकुर के मुँह से त बकारो नइखै निकरत। आ
हमरा देहियों पर इहै नु गिरलैं पहिले।

(नोकर गिलास में सरबत लेके अइलें।)

ढोंढामल :   हमरा अगरवालन के जात में बरजित त बा, मुदा सुननी
हाँ, कि बच्चा मुरगी कै सुरुवा पिअला से मोटाई कम
होले, चार महिन्ना से पाँच गो रोज लेतानी, आ कुछ फैदो
मालुम होत-आ।

दुब्बर साहु :   (आँखि आ मुँह फारिके)–ढोंढामल जी! साँचे फैदा भइल
हा? देहिया के ओजनवा किछु, कमल ह?

ढोंढामल :   एक बेर तौलले रहनीं, त दु सेर कम भइल।

दुब्बर साहु :   आ अबकी बेर?

ढोंढामल :   दस सेर बढ़ली हाँ, मुदा देहिया में बड़ फुरती मालुम होले।

भाकुरचंद :   फ़ू-फ-फु-र-त्-त्-ती!

दुब्बर साहु :   भोजन बढ़ला घटला से किछुओ न होखे, असल चीजु
फुरती हवे।

भाकुरचंद : ह-हम ह-ह ख़् ख-येब,

दुब्बर साहु : त हमरो ई दवाई करै के बा।
(पाछे की ओर से आवाज आवति-आ) "पूँजीसाही, नास हो"

ढोंढामल : सुनला ह दुब्बर साहु?

भाकुरचंद : ह-ह-हम हूँ स्-सुन-लीं।

दुब्बर साहु : मजूर किसान राजवाला अइलें।

ढोंढामल : ई जिउना छड़िहें दुब्बर साहु! सपना में नीदि केतना बेर उचटि जाति-आ।

दुब्बर साहु : बिदादसमी में देस गइल रहनी हाँ, गाँवनों में ई बेरामी फइल गइल बा। उहाँ "जिमदारसाही नास हो" कहे लैं, आ इहाँ "पूँजीसाही नास हो।"

ढोंढामल : तहरा छपरा जिल्लाले ई ललका झंडा चहुँपि गइल बा?

दुब्बर साहु : गाँवन तक ले ढोंढामल! हमरा एक जना पाहुन के थैली गिन के खरीदल जिमदारी में सैकड़न बिगहा खेत छीन लेहलें।

ढोंढामल : सरकार पुलिस मद्दत ना कइले?

दुब्बर साहु : किसान एतना एकवट गइलें, कि ओकनी के बाति माने के परल। बाकी उहाँ के बाति छाँड़ी, हई बताई ई जे हमनी के उप्पर संकट आइल बा, एकरा बारे में का करै के चाहीं? काल हमरो गद्दी के समने ललका झंडा घुमौलें, आ "सूदखोर नास हो" चिल्लात रहलैं।

ढोंढामल : हम त समुझत रहनी कि हमनी के चटकल-पटकल के मजुरवै बिगड़ल बाड़ें।

भाकुरचंद : ह-ह मरा त-द-द-दु...(लतफल हो गइले पूरा बात मुँह से न निकसल)

ढोंढामल : ई तहरा से बात न होई सेठ भाकुरचंद! बोलावा अपना बेटा के।

भाकुरचंद   :   (नौकर के) ज्-ज्-जा, ब ब ब्-ब...
नौकर   :   बबुआ जी के बोला ले आई सेठ जीं!
भाकुरचंद   :   ह-ह-ह-हाँ।

(नौकर निकर गइल। बापे लेखा मोट-झोंट जवान लादूचंद के ले आइल)

लादूचंद   :   जै राम जी की चाचा ढोंढामल! जै रामजी की।

(खुरसी पर बइठि गइलन)

ढोंढामल   :   अब नोकरन के जाये देवै के चाही।
लादूचंद   :   जा सन! (सब नोकर चल एइलन)
दुब्बर साहु   :   खदुका, गाहक, मजूर सब के चोट हमनी के उप्पर बा लादूचंद जी।
लादूचंद   :   से त देखतानी, साहुजी!
दुब्बर साहु   :   कलकत्ता सहर में छोट-बड़ जेतना सूद के रोजगार करैवाला बाड़ें, सब के उप्पर संकट आइल बा। खदुका एक ओर से हमनी के डाकू कहत बाड़ें।
लादूचंद   :   हमनियों घर के लछिमी लगा के दुकान कइले बानी। एकम-टीकस दा, मकान के भाड़ा दा रोसनी-पानी के टीकस दा। टीकस भाड़ा के मारे तबाह-तबाह बानी–
एगो बुढ़िया   :   भिखारिन (आ के) सेठ जी! एगो ढेबुआ भिखमंगिनियो के मिले, दूध-पूत बनल रहै।
लादूचंद   :   भाग इहाँ से, मुखुत के पैसा खाये के सिखले बाड़ीं।
बुढ़िया   :   केहू नइखे सेठजी! भरला पर ना, जरला पर माँगतानी। फुलल रह सेठजी! एगो ढेबुआ।
ढोंढामल   :   ई त मालुम होत-आ, कि किछु दिन में कलकत्ता भिखमंगवनें के हो जाई। सबेरे से साँझ ले बड़चो...जब देखा तब भिखमंगा घेरल रहैलैं।
दुब्बर साहु   :   पुलुस का ध के ले जाये के चाही, एकनी के मारे भलमानुस के कतहूँ बइठलो मुसुकिल हो गइल बा।

| बुढ़िया : | सेटजी! पुलुसियो ले जाइत हमनी के, त खइला से निहिचिन्तत रहतीं एगो पैसा सेठजी! बाल-बच्चा जुड़ाइल रहैं। |

| लादूचंद : | (एगो अधेला फेंकि के) जो भाग, फेनु एनेकी ओर देखलीं, त निम्मन ना होई। |

| ढोंढामल : | दुब्बर साहु जे बात कहलें, उहै बात हमनी मिलवाला लोग-नौके बा। चट, पट कपड़ा, कागज, जेतना मिल, कारखाना बा; सब जगह मजूर एकवट के सभा करत बाड़ें; जब से सुनले हाँ कि रूस मुलुक में मजूरन किसान के राज बाटै, तब से एकनी के मन अउर बढ़ि गइल बा। |

| दुब्बर साहु : | ठीक कहलीं हाँ, ई ललका झंडौ ओहीं से उप्पर भइल हा। हमनी के त ई सब डाकू बूझैलें। |

| ढोंढामल : | रोजगार में टोटा पर टोटा पडल जात-आ! चौथा साल चार लाख के मुनाफा भइल रहल परियार पाँच हजार मजूरी बढ़ावे के पड़ल, परसाल दु हजार औरू बढ़ावे के पड़ल। एहिसाल फेनु हड़ताल के तयारी करत बाड़ें, बाहर के न जानी कहाँ के लुहेंड़ा जुटि के भड़कावत बाड़ें, मजूर-सभा, ऊनियन-फूनियन का का बनावत बाड़ें। |

| दुब्बर साहु : | अपने लोगन के त सेठ ढोंढामल! दवर बा, पाँच हजार मजूरी बढ़ाइब, त चीज पर सात हजार दाम राखि देब। हमनी के त सूद बेसी करीं, त कनून से पकड़ल जाई, बही खाता में तनिको फेर-बदल होय, तो; जरिबाना जेहल-खाना। |

| लादूचंद : | महाजनों के रहता बा साहुजी, अपने लोग त 90 रुपया देके बही भै हींगलोट पर सौ रुपया बढ़ाई ले। कहै के रही छः रुपया सैकड़ा, आ होई चौबीस रुपया सैकड़ा। अपने के छोट-भैया त रुपया पर पैसा रोज के सूद असूले लें। हमनिये दुकनदारन के मुसुकि बान्हि के पटकि दिआइल |

बा। अब हई जे कनून बनल हा, जौना में दुकान के नोकरन के अतवार के छुट्टी औ घंटासिरे काम के बात लिखाइल बा, ओसे त औरू हमनी के हाथ बन्हा गइल।

ढोंढामल : लादूचंद! तू त अपनी बापो से बढ़ के काइयाँ निकरला। आजकाल लड़ाई के दिन में त दुकनदरनै के नु पाँचो अँगुली घीउ में बा। एक रुपया के चीज के चारि रुपया लेत बाड़न, सरकार दाम ठीक करै के अईन-कनून बनावते रहति-आ, बाकी ऊ डार-डार जाति-आ, त तोहन लोगन पात-पात।

लादूचंद : इहै त कमाये के दिन ह, सेठजी! तुहूँ कपड़ा के मिलवाला लोग, निहाल हो गइला। डेढ़ सौ रुपया के रुई के गाँठ रहे, तब एक रुपया सात आना धोती-जोड़ा अढ़ाइसो रुपया गाँठ भइला प दु रुपया सात आना फेनु भाव गिरि के जब गाँठि 160 रुपया रहि गइल, त तीनों रुपया से बेसी।

दुब्बर साहु : हमनी के एक-दूसरा के हिरिस कइला से काम ना चली सेठ लादूचंद जी! ई देखत नु बानी कि कुल्ह भुक्खड़ आ कुछ पढ़ुऔ मिलि के चाहत बाड़ें, हमनी के नाँव ना रहे देवै के, और हिनुतानौ में ऊ रूसै लेखां राज कायम करे चाहत बाड़े।

ढोंढामल : ई बात सोचै के ह, बेटा लादूचंद!
(अवाज आवति आ) "मजूर-राज, कायम हो", "किसान राज कायम हो", "पूँजीसाही, नास हो।" "लाल झंडा, अमर हो।"
(नोहर, रमजान केतना लोग के साथे लाल झंडा लेले पहुँचलै औ मंच के नीचे खड़ा भइलैं, सेठ लोग सहमि के सुनत-आ)

रमजान : (बाख्यान देवै के सुर में) भाई लोनी काम में दिनरात खटत- खटत हमनी के जिउ जात-आ, औ हमनी के

बाल-बच्चा अन्न बिना पटपटात बाड़ें। हेने हेइ देखीं, कोठापर कोठा उठल चलि जात-आ, बिजुली के पंखा रात-दिन चलत-आ। ई कुलि केकरा कमाई से? हमनी मजूरन के कमाई से। चीनी के मिलन में चार बरिस में लागल रुपया कुल्लि मुनाफा से सधि गइल, इ केकरा कमाई से? हमनी का कमाई से। अन्न, कपड़ा, लोहा, लक्कड़ दुनियाँ भर के कुलि चीजु जाँगर चलौला चोटी कै पसीना एड़ीले बहौला से पैदा होला। जे आपन देहि ना सम्हारि सकैला, से का चीजु आ धन उपराजी। कामजोर-चामचोर हमनी के कुलि कमाई लूटि के मउजि करत बाड़ें। केहू मिल के मालिक बनि के लूटत-आ, केहू दुकान छानि के लूटत-आ, केहू हम-निये के जाँगर के कमाई रुपया के रूप में चोरा के डेढ़ा सवाई क रहल बा। "बोलीं कमकरन के, (सब लोग) जै।" "बोलीं कामचोरन के, (सब लोग) छै।"

नोहर : भाई लोनी! अहिर सोझे बतियावै जानैला। जेतना लोग दूसरा के कमाई पर, दूसरा के पसीना पर, दूसरा के खून पर जीयैला, ऊ सब जोंक हवै। जबले जोंक दुनियाँ में रहिहें, जब ले जोंकन के सरदारी रही, तबले मजूरन, किसानन, जाँगर-बालन के हाँड़ी पर ढकनी न बइठी। "बोलीं जोंकन के, (सब लोग) छै।" "बोलीं मजूरन के (सब लो) जै।"
(लाल झंडा लेले लोग चलि जात-आ)

ढोंढामल : देख हो दुब्बर साहु! जे किछू बचल रहल ह, ऊहौ पुरनाहुत हो गइल। हमनी के इ जोंक बनावत बाड़ेंसन्!

दुब्बर साहु : ई मतारी-बहिन के गारी से बढ़िके हवे-सेठ भाकुरचंद!

भाकुरचंद : ऐ-इ-इ-स-स्-सन ग्-ग्-ग गारी ज्-ज्-ज् जिनि-ग्-ग्-ग्-गियो, भ-म्-भर न्-न्-ना स्-स्-सुन-लीं।
(परदा गिरत आ)

अंक 3

(गीत)

हाइ दैवा बनल गरे फाँसी।

स्वारथ से जोड़ि जोड़ि पोथिया बनौलस,

बम्हना भइल सतनासी ॥

हमनी के खुनवा सुखौला के किछुना,

जोंकिया सरग के बासी ॥

जेतनी अनैया औ पपवा जगत् में,

भगियै लगौलैं झाँसी ॥

झूठ तोर सधुआ धरमवा करमवा,

झूठै बम्हनवा के कासी ॥ हाई० ॥

(बड़ बड़ जटा ओ देह में भभूत लगौले साधु गोपालगिरि धूनी के पास बैठल बाड़ें, ओनकरा हाथ में गंजही चिलम में कंकड़ भरल हवै)

गोपालगिरि : लेना हो शंकर, गाँजा है न कंकर। शंकर आजा, कैलसपती के राजा (चिलम में दम लगावत-आ) (दूसर जटाधारी साधु रामदास माथे में बैरागी तिलक लगौले आके)

रामदास : सीत्-ता-राम---म्।

गोपालगिरि : आवा सीताराम, आवा दम लगावा।

रामदास : दम हवै! ओ हो! महतिमा आजकाल दमो सपना हो गइल बा। कांगरेजवालन कै नास हो!

"रहै न कोउ कुल रोविन हरा।" दु महिन्ना दम लगौला भइल।

गोपालगिरि : सुखा भुर्रा हा सीताराम! नैपाल से आवे में एक चिलम गाँजा निकल गइल, तौना खातिर, मत पूछा, एक महिन्ना के जेहल दे देहलस्।

रामदास : आखिर ससुरी कांगरेज गइल, बाकी संकर के बूटी साबुन के मुँह से छोड़ा के (चिलमले के दम लगावत-आ, फेनु चिलम देके उठे चाहत-आ)

गोपालगिरि : कवन जल्दी पड़ल बा, सन्त!

रामदास : सौंकिरे कहीं बसती-नगर धरै के चाही, इहाँ जंगल अगोरला से काम नानु चली?

गोपालगिरि : संत बइठि जायें, त जंगल में मंगल होला। महतिमा! अपने के नाँव?

रामदास : हमार एक गो छोटा सा नाँव रामदास ह, आ अपने के?

गोपालगिरि : एहि चोला के नाँव गोपालगिरि हा, गुरु महराज की किरपा से, रामदासजी! जंगल से डेरा मत।

रामदास : पेट में मूस कूदत-आ गोपालगिरिजी; आ दुपहर हो गइल।

गोपालगिरि : बइठा महतिमा! गुरु महाराज की दया से इहै बठले-बैठल रिद्धि-सिद्धि सब पहुँच जाई।

रामदास : त मालूम, होत-आ, गोपालगिरिजी! अपने बसती के चेतौलने बानी?

गोपालगिरि : साधु जहाँ बइठि जायें, वहाँ दुनिया ससुरी चेती न त का करी?

(गोड़ के आहट सुनाइल, रामदास देखलें ए गो मेहरारू थरिया में किछु लेइले आवति-आ)

रामदास : (देखि के) मालुम होता, ई भगतिन् किछु ली आवति-आ, पेट में आग लागल बा महातमा! सबेरे आसन छोड़ला पर एक लोटिया (तीन सेर भरे लायक लोटा देखा के) दूध पियलीं।

गोपालगिरि : गुरु महराज भेज देहलें रामदासजी! अब डंडकमंडल राखा, आज इहई आसन लगावा।

(रामदास कमरा और कमंडल राखि के मिरिगछाला बिछा के बइठि गइलें। मेहरारू आ के थरिया गोपालगिरि के समने रख के दूनों साधुन के गोड़ लगल, औ "खुस रहा भगतिन" असिरवाद पा के एक ओर बइठि गइल। गोपालगिरि थरिया खोलि के हलुआ-पूड़ी रामदास के सामने करतै बोललन्)

गोपालगिरि : ला महात्मा! अब देर मत करा, माई परेम से बना के ले आइल बिया। गुरु महाराज के भोग लगावा।

रामदास : आवा महात्मा! दूनों मूरती रामजी की हिच्छा से।

भगतिन : तब ले पावल जा, हम घर से औरू ले आवतानी।

गोपालगिरि : नाहीं माई। तकलीफ ना करै के, सन्त एतनै से गुजारा क लीहें, गुरु महाराज की किरपा से।

भगतिन : ना महाराजजी। घर में बहुत राखल बा (भगतिन जल्दी से निकरि गइली)

(रामदास भगतिन के मुँह की ओर खुब निहारत रहल)

गोपालगिरि : कहा महात्मा! नारद मोह त ना हो गइल?

रामदास : मुनि लोग के जहाँ ऊ हाल, तहाँ हम सुमा के कवन बात? बाकी भगतिन बाउर नइखीं।

गोपालगिरि : अबहिन तीस बरिस के छोकरी हवे, बाउर कहत बाड़ा रामजी!

रामदास : बाउर नइखी कहत। कवन जाति हवे?

गोपालगिरि : "जात-पाँत पूछे नहिं कोई।" औ फेनु "रांड बाभनी सूखा पीपर। इनमें हक्क फकीरों का है।" समने थरिया राखि के देखत का बाड़ा?

रामदास : दूनो मूरती के साथे भोग लागी।

गोपालगिरि : ई न कहा, बभनिया मन हर ले गइल बिया।
रामदास : मुँह से जौने ना तौने बचन ना निकाले के चाहीं, कौनो भगत सुनि लिहले तब?
गोपालगिरि : साधु लोग देखि सुनि के धुनी रमावै ला सन्त! गुरु महाराज की किरपा से। हमनी के रोज-रोज के इहै काम हवे।
रामदास : 'दुनिया ठगीं मक्कर से। रोटी खाई घिउ-सक्कर से।'
गोपालगिरि : और ई बसती त अब्बै नु चेतै लागल हा।
रामदास : त कुछु सिद्धाई देखौला हा?
गोपालगिरि : दु गो मेहरारुन के साल-साल भर के लागल भूत छोडौनी हौं। तीस गो मेहरारुन के कोख खोलै के जंतर देहनी हाँ।
(भगतिन थरिया लेहले पहुँच गइली)
गोपालगिरि : बहुत तकलीफ भइल माईराम!
भगतिन : नाहीं बाबा! एहि देहीं से सन्त-महात्मा के जेतना सेवा हो जाय, उहै नु ठीक हवे।
रामदास : (अपना संगी की ओर मुँह कैके मुस्करातै) त आवा महात्मा! पानी हमरा लोटों में बा (दूनों जने भोजन करै लगलें।)
भगतिन : आज एकादसी कै पारन रहल ह बाबा! अपने दु जने सन्त-महात्मा के रूखा-सूखा हाजिर क के हिच्छा पूरा भइल।
गोपालगिरि : जिनगी में जेतना हो सके ओतना पुन्न कमाये के।
भगतिन : हाँ, बाबा! एहि देंह के कवन ठेकाना? आ हम त मनाई ले भगवान् से कि अपना सरन में ले चलस्।
गोपालगिरि : अबही माईराम! तोहार चौथा-पन ना आइल ह।
भगतिन : ई दुनिया से ऊ दुनिया निम्मन ह बाबा! उहाँ भगवान् के भगती-पूजा निम्मन से होई।
गोपालगिरि : इहौ दुनिया भगवाने के बनावल हवे माईराम।

भगतिन : हवे बाकी इहाँ माया मोह बेसी हवे बाबा! जिउमें माया बेसी लपटि जाले। अपने सब साधु-महतिमा के असिरवाद होखो कि भगवान् के चरन में जल्दी सरन मिलो।

गोपालगिरि : ऐसन धरम के काम में साधु-संत के असिरवाद सदा रहैला माई!

(भोजन हो गइल, गोड़ लागि के भगतिन थरिया लेके चल देहलीं)

रामदास : ई त कौरै भगतिन लौकति-आ रामजी की हिच्छा से।

गोपालगिरि : सब्बे अँगुरी बरोबर नानु होय। आ बीस गो बंसी फेंकल बा, कुल्ह में मछरीं नानु फँसै?

(एही बखत, उज्जर पाग मिर्जई, एड़ी ले धोती पहिर ले कपार में तिरपुंड लगौले एक जने पंडित औ ओनकरा साथ कान पर टोपी के नीचे कलम खोंसलै मंसीजी अइलें। दूनों जने दूनो साधुन के हाथ जोड़ि के डंडवत कइलें)

गोपालगिरि : आई देवता! आई देवानजी! ओह दिनके बाद त फेनु दरसनै ना भइल।

मंसीजी : नयका साल के बहीखाता के काम ह बाबा! का करीं "गृह कारज नाना जजाला।"

गोपालगिरि : हाँ ऐसे होला! अच्छा पंडितजी! अपनेहू के दरसन ना भइल रहल ह?

मंसीजी : इहाँ के हमरा सरकार–बाबू साहेब–के गुरु बड़का पंडित हवीं। कासीजी से बारह बरिस पढ़ीके आइल गानी।

गोपालगिरि : कहाँ चललीं हा, पंडितजी।

पंडित : कासीजी से एगो बहुत भारी महात्मा आइल बाड़ें, भारी विद्वान् स्वामी सुखानंद जी महाराज। हमरा सरकार के बहुत आग्रह बा, कि स्वामी जी कुछ दिन अमहरा में वास करस् आ अपना मुखारबिंद से उपदेस सुनावस, बाकी

स्वामी जी एकन्ता छाड़ि दुसरा जगह ना रह सकीले। अपने के तकलीफ ना होइ, त एही कुटिया में स्वामी के आसन रही, सरकार अपने के एगो औरो पलानी के घर बनवा दीहैं।

मंसीजी : (दु तोला के पुड़िया हाथ में थमावत) हमरा साहुजी भेजले हाँ, बड़ा मुसकिल से बाबा!

गोपालगिरि : (उतरन मुँह पर हँसी दउरि गइल)–जगत-गुरु ब्राह्मण के बात कैसे टारल जा सकलै पंडितजी!

पंडित : आ ब्राह्मण गुरु संन्यासी।

गोपालगिरि : संन्यासी गुरु अविनासी। ले आवा पंडितजी! ई स्वामियैजी के नु आसरम ह।

(लोग चलि गइल)

रामदास : विधिन त भइल रामजी की हिच्छा से, तोहार बंसी त कुल्हि खाली जइहैं।

गोपालगिरि : (पुड़िया के खोलि के) हई देखा, केतना महिन्ना बाद संकर के बूटी, औ दु तोला से कम ना।

रामदास : (खुस होके) गाँजा! बाकी संडसिया हमनी के भजन भाव में विधिन त ना नु करी।

गोपालगिरि : पढ़ला-लिखला से बेसी फरक ना होला रामदास! गुरु-महाराज की दया से सुखानंदौ ठीकै उतरी, नाहीं त बच्चू के भगावत केतना देर लगी।

(आगे-आगे गेरुआ बहतर पहिरले एगौ मजबूत अंधेड़ संन्यासी पाछे-पाछे बाबू रंगसिंह जिमीदार, लोटन साहु महाजन, पंडित चाणूरदत्त, मंसी फुलेनालाल औ लंगटू नोकर बिसतरा-उसतरा लेहले अइलें। गोपालगिरि आ रामदास उठ के कहलें)

"स्वामीजी नमो नारायण!"

स्वामी : (मुँह आ आँख से भरपूर खुसी देखावत हाथ जोरि के)—सन्तलोग इहाँ विराज रहल बा। अहोभाग्य। शिवोहं शिवोहं। हमारा रहला से संतलोग के कौनो कष्टतत ना होई।

रंगसिंह : लंगटू! देखा महातमा लोग के कौनों कष्ट ना होखै के चाही। एक गाड़ी लक्कड़ ले आ के गिरा दा। कौनो तरह के कष्ट ना होवे के चाही, सुन ला।

लंगटू : हाँ सरकार। (लंगटू धूनी से फरके बिछौना राख के कुटिया में जाये लगलै, बीच में)

स्वामी : भीतर मत ले जा नारायण! शिवोहं, अबहिन एहीं बहरे आसन बिछा दा।

(लंगटू स्वामी जी के आसन बिछा के, एगो कमरा फरका बिछा देहलै)

स्वामी : (बइठिके) बइठीं नारायण, शिवोहं।

रंगसिंह : (कमरा पर बइठिके)–बइठीं पंडित जी, बइठीं लोटन साहु! कमरा पर।

लोटन साहु : सरकार के बरोबर!

(लंगटू दूसरा कमरा ले आ के बिछोलसु, पंडितजी आ साहु-जी ओपर बइठलें, मंसीजी भइयै एक ओर चुक्का-मुक्का भइलें।)

रंगसिंह : सरकार के आराम करैके होई?

स्वामी : नाहीं, नारायण! शिवोहं रात के एक घंटा विश्राम हमरा खातिर बहुत हा। सतसंग-बात होखो।

रंगसिंह : सरकार स्वामी जी महाराज! संसार दुख चिन्ता के घर हा।

स्वामी : जुग के प्रताप हा नारायण शिवोहं, कलिजुग पाँच हजार बीति गइल। मरजादा टूट रहल बा। "वरण धरम नहि आश्रमचारी" सब लोग कुपंथ धै लेहले बा।

रंगसिंह	:	स्वामीजी के मुखारविंद से ठीक निकर रहल बा।

रंगसिंह : स्वामीजी के मुखारविंद से ठीक निकर रहल बा।

स्वामी : दुनिया में पाप छा रहल बा नारायण शिवोहं एहीसे सालै साल महामारी, अकाल-दुरभिच्छ पड़त-आ।

लोटन साहु : करम-धरम सब उठल चल जात-आ। गुरु महाराज! भगवान् के डर उठ गइल बा।

स्वामी : हाँ, नारायण शिवोहं, चार दिन की जिनगी ई मायारूपी संसार में लोग भूल रहल बा। फेनु अन्तकाल में खाली पछताला। बाकी करमभोग टर ना सकैला।

रंगसिंह : महराज स्वामी जी! जीव काहे ना समुझेला कि ई दुनिया रैन बसेरा हा?

स्वामी : नारायण शिवोहं, माया के फेर इहै कहाला। माया के फेर में पड़ि के जीव अपना असली रूप के भुला देले बा। शिवोहं, शिवोहं, शिवोहं, ब्रह्म में इ जगत तीनों काल में खाली भरम हा।

(एही बखत नोहर कलिकतिया मजूर के भेस में आ के स्वामी के हाथ जोड़ि के ठाढ़ भइलें।)

स्वामी : नारायण शिवोहं भरम बैठा। (नोहर एक और भुइँ पर बइठि गइलें।)

लोटन साहु : भरम!

स्वामी : सपने के माया, अन्हार में देखला पर रसरी में साँप के भरम। मेरा तेरा-हमार तोहार सब भरम साहुजी! पाँक में गिरल जीव के उप्पर-उठावल कहल जा सकैला बाकी इहौ भरम, ब्रह्म छाड़ि जब दूसर चीज तीनों काल में नइखै, त केके के उठाई-कहवाँ से उठाई।

नोहर : महराज जी! साँचै ई दुनिया समुच्चा भरम हवे? (रंगसिंह, लोटन साहु आ पंडितजी कान खड़ा कैके मजूर की ओर गुरेर क देखै लगलैं।)

स्वामी : हाँ, नारायण शिवोहं। तू, आ जेतना लोग हवै, केहु तीनों काल में नइखे, एकै ब्रह्म दूजो नास्ति।

नोहर : केहू दुनिया में सुख करत-आ, निम्मन खात-आ, निम्मन पहिरत-आ दस हजार अदिमी के परान, इज्जत ओकरा हाथ में हा। केहू हमरा लेखा रात-दिन काम क के मूवत-आ, एक साँझ के अन्नौ ना जुरत-आ, ई काहे?

स्वामी : ब्रह्मरूप में ई कौनो भेद ना, ना केहू निम्मत खात-आ पहिरत आ, ना केहू भूखा मरत-आ।

नोहर : भूख पेट के आरालेखा चीरै ले, घर में खरची ना रहला पर लइकन के छटपटात देखि के करेजा फाटै लागैला। हमनी के ई भरमना साच बुझाला।

स्वामी : सपना साँच बुझाला, दिसा-भरमवाला का आपन दिसा साँच बुझाले। बाकी एको ब्रह्म दुतीयो नास्ति, ब्रह्म में कहीं किछुवो विकार नइखे, किछुवो दुख-संताप नइखै, सब सदा आनंद हा, नारायण शिवोहं।

नोहर : सपना होइत त केतना खुसी के बात रहल हा, बाकी ई भूख, ई लइकन क छटपटाइल झूठ ना, सोरहो आना साँच बुझाला सामी जी महाराज!

पंडित : स्वामीजी महाराज! ई वेदांत ना समुझि सकैलें, एनकरा के हम समुझावतानी। का नाव हवै तोहर भैया!

नोहर : नोहर नाँव पंडित जी!

पंडित : दुनिया में ई दुख-सुख सब पुरुबिला करम से हा। हमरा सर-कार एतना साधु-महतिमा, देवी देवता के सेवा-टहल दान-पुन्न करत बाड़ें, एकर फल ओनके आगे मिली। हमरा अमहरा के लखपती महाजन लोटनसाहु जे नौका ठकुरबाड़ी बनवलै हाँ, सदाबरत लगौले बाड़ें, एकर फल बाँव ना जाई। एहि जिनगी के पुन्न के फल भोग-सुख

अगिला जनम में मिली नोहर! पछिले जनम के कइल पुन्न
के फल एहि बखत मिलि रहल बा।

नोहर : पुन्न के फल! बाकी पंडित जी! लोटन साहु लइकैंया
अपना चाचा के साथ कपारे पा दौरी ध के तेल बेंचत
रहलन। ओहि बखत पछिला जनम के पुन्न सहाइ ना
भइल। दौरी-दूकान राखि के एक के डेढ़ा करै लगलै,
गरीबन के कमाइल धन अपना घरे सहेटे लगलैं। फेनु
सवाई सूद पर रुपया लगावे लगलें, तब जमा होये लागल।
जेतना धन औ रुपया साहू के पाले बा, ऊ सब हमनी लेखाँ
कमेरन के पेट काटि के जमा भइल बा।

पंडित : पेट काटि के कहत बाड़ा!

नोहर : हम बुर्बक अदिमी हीं पंडितजी! एसे बुर्बकै लेखा हमार
बातो होई, मुदा एके त देखल जात आ कि अमहरा के
बाबू साहेब होंय, चाहे लोटन साहु होंय, केहु का घरे
पहिला के पुन्न-परताप से भूंड नइखै फूटल। हजार घर के
भूखन मारि के एहि लोग के घरे धन जमा भइल हा। एसे
हमरा त बुझात-आ कि पछिला जनम के पुन्न-उन्न कहल,
एही पपवा के छपावै खातिर हा।

(रंगसिंह औ लोटन साहु के त्योरी बदल गइल)

पंडित : त साधु-बरामन, धरम-करम तोहरा खातिर किछुओ ना हा?

नोहर : पहिले हमहूँ बूझत रहलीं, कि किछु बा; बाकी अब
लौकत आ, कि खाली धोखा है। तीन अदिमी मिलि के
तीस अदिमी के कमाई खा जात आ, आ साथै बुरबकौ
बनावत-आ। गरिबवा मुँह ना खोलै, एही खातिर कहल
जाला कि बाबू साहेब भै साहुजी अपना करम के कमाई
खात बाड़ें। आँखि के समने त लूट-पाट छाड़ि ई लोग
कौनो कमाई नइखे करत।

(रंगसिंह लौटू साहु आ पंडित तीनों लाल-पीयर आँख करै लगले, स्वामी ममिला बिगड़त देखि के बोललन्)

स्वामी : नाहीं नारायण शिवोहं, तू चाम के आँखि से देखत बाड़ा, ग्यान की आँख से देखल से साच-साच मालुम होला। नारायण शिवोहं, ब्रम्ह छाड़ि के जब जीव माया में पड़ैला, तबै दुनिया के झंझट झगड़ा होला।

नोहर : स्वामी जी! अपना परमगियानी चेला लोग के कह ना दीं, कि माया के हमनी गरीबन के दे देस्, जोंकि लेखा हमनी के कामकर निहारन के खून ना चूसस्। ई बात करीं त हम मानब, नाहीं त हम इहै समुझब कि धरम-वेदानत-देवता सब हमनी की आँखि में धूरि झोंके के हवें, आ कुलि चौरै-चोर मौसियाउत भाई हवें।

रंगसिंह : धत् तोरा बदमास की। (उठि के नोहर के गरदन पकड़ै चहलैं, अहिर के हाथ लगतै ढिमला के मुँह के बले गिरलें। पंडित जी छोड़ावै चहलैं, ओनहूँ के पगड़ी कहाँ गइल और सटपिटा के एक ओर बहाना बना के गिरि पड़लें। साहु आ मंसी बाबू साहेब के नगीचा पड़ि रहलैं। असल लड़ाई लगटू गोपालगिरि आ रामदास से भइल। सब के बेकाबू क के जब गोपालगिरि की छाती पर नोहर बइठि गइल, त स्वामी जिओ डडा चला देहलें। नोहर ठठा के हँसला।)

मेहर : देखलीं, तु सामीजी महराज! ई दुनिया माया हा कि साँच। हई जिमदरवा, सहुवा कुलि धनिकवा हमनी कमेरन के देहि में लागल जोंक हवें, औ सधुअवा बम्हनवाँ मोलवियवा ई कुलि जोंकन के दलाल। जा मोहरा के छाड़ देतानी, काहे से तोहरै कारन हमरा के हेतना बोले के मोका मिलल।

(परदा गिरि गइल।)

अंक 4

(हवाई-हमला रच्छा-सिपाही के पोसाक में नोहर गोड़ से लँगड़ात चलत बाड़ें, ओनकरा साथे एगो अंगरेज औ दुगो हिनुतानी सिपाही बाड़ें! नोहर के खुरसी में बैठा के तीनों अदिमी बइठि गइलें। अंगरेज सिपाही अंगरेजी में बोलत-आ, आ ओके अपना बोली में हिनुतानी सिपाही खेलावनराम करत बाटै।)

अंगरेज सिपाही   :   (कुछ कह के) बहुत तरीफ, बहुत तरीफ।

खेलावन   :   नोहर भाई! हमार साथी इ अंगरेज सिपाही तोहरा हिम्मत के बहुत तरीफ करत बाड़ें। ओनकरा अफसोस बा कि ऊ हमनी के बोलो ना बोल सकैलें।

नोहर   :   खेलावत भाई! तरीफ के कवन बात हा, तोहरा लोगन जपनिया रछ्छन के मारि भगावै खातिर चौबीसो घंटा आगि में गोड़ धइले बाड़ा, हमनी के घर के हिफाकत नू करै के चाही।

अँगरेज   :   (खेलावन से किछु पुछलै, खेलावन बतियोलें, फेनु ओकरा मुँह से निकसल) बहादुर चाबस्।

खेलावन   :   जिउ जोखिम में डारि चारों ओर घधाके जरत बंगला के भित्तर घुस के लइका के निकारि ले आइब, त बहादुरी के काम बड़ले बा; बाकी एहू से बड़का काम ई बा कि तीनै दिन पहिले तोहरा लोगन के हड़ताल कइल खातिर मलिकवा मिलिटरी बुलौले, औ तोहरा केतना साथिन के लाठी से कपार फौरकौले, केतना के जेहल पठौले।

नोहर : ऊ त मनेजर के लइका रहे खेलावन भाई! जे खुदे मनेजरो रहित त ओहू खातिर हम आगि में कुदि जइतीं। हमरा बड़ संतोख बा कि लइका निदाग बाँचि गइल।

खेलावन : (अंगरेज सिपाही के किछु कहलें, ऊ हँसल फेनु) नोहर भाई! सांचे ई अचरज के बात हा। कैसे लइकवा के तनिको रेपो ना लागल।

नोहर : जइसही जपनिया रछछवन के उड़नखटोला के मंडरात हम देखनी ओइसही पनिया के चहबचवा में एक डुबकी लगौलीं फेनु देखलीं अततइया बमगोला गिरावत-आ; घरन में आग लगि रहल बा हम एगो चदरा भिजा के करिहाँव में बन्हली औ चललीं घरन के देखै।

खेलावन : बम गिरतै में?

नोहर : खेलावन भाई! हम एहीं के परवाह करीले कि जेतना दिन जीये अदिमी लेखाँ जीये मुअला से भय खाइल हमरा देखै में बड़ बुरबकई हा।
(खेलावन अंगरेज सिपाही के कान में कहलें)

अंगरेज सिपाही : (खुश होके उछल के नोहर के हाथ अपना हाथ में ले के) अदिमी अदिमी बहादुर बहादुर (बइठि के खेलावन से किछु कहले)

खेलावन : नोहर भाई! ई हमार अँगरेज बिरादर पूछत-आ, कि हम त सुनले रहीं कि एहि चटकल में कुलि मजूर जपनिया के पच्छ के हवें।

नोहर : जरमनवा जपनिया रछछवा, मिलें त कच्चै खा जाईं। आ ओहि सब के नाँव मति ला खेलावन भाई! हमनी मरि जाइब तबै जपनिया राछछ हमरा बाप-दादन के भुईं में गोड़ राखै पाई।

खेलावन : (अंगरेज से बात कइलन फेनु) ई पूछत बाड़न कि लड़ाई के जितला पर कैसन दुनिया बनावै चाहत बाड़ा?

नोहर : जौना में जोंक ना रहें खुनचुसवा ना रहें; जिमदार, मिल मालिक, सेठ-साहूकार ना रहें। जौना में सब केहू के देहि से काम करै के पड़े; सब केहू के खाये कपड़ा रहे के पूरा इतिजाम होखे। समुच्चा देस औ दुनिया के एगो खान्दान बनि जाय। हद करिया-गोर बड़की-बड़की तनखाहवाली जोंक सपना हो जाँय।

खेलावन : (बात क के पूछत बाड़ें कि करिया-गोर जोंक के?)

नोहर : बड़का लाट बाइस हजार रुपया महिन्ना पावैलें, घर दुआर नोकर-चाकर आ दुसरो खरच लगावल जा, त ऊ एक लाख के महिन्ना परी। हमनी इहाँ के गाँवन में आना रोज, दु रुपया महिन्ना मजूरी पावेवाला करोड़न लोग बा। ई इगारह हजार गुना तनखाह, लूट ना त का हा? ई गरीब के खून चूसल ना त का ह ?

खेलावन : (अंगरेज सिपाही मुँह लाल क के किछु कहले) कहत बाड़ें कि हमरा इहाँ सबसे गरीब के मजूरी 200 पौंड (2600 रुपया) साल हवे, और बिल्लाइत के महामंत्री चर्चिल के 6000 पौंड (78000 रुपया साल) मैं 6 हजार रुपया महिन्ना मिलेला। सबसे गरीब आ सबसे बड़का नोकर की तनखाह में 30 गुना के फरक हवे। हमनी एतनो फरक बरदास करै के तैयार नइखीं, पाँच गुना छ गुना के फरक बहुत हा। इगारह हजार गुना तनखाह लिहल त ई सोझै लूटि हा।

नोहर : विलायत में तीस गुना और हिनुतान में इगारह हजार गुना तनखाह सुनियो कि देहिं में आगि लगि जाले खेलावन भाई! बिल्लाइत के बड़का मंतिरी छ हजार महिन्ना पावें, औ ओनकर एगो ममूली नोकर बड़का लाट 22 हजार रुपया, छोटका लाट दस हजार रुपया महिन्ना पावें। भाई!

जब ले एहि जोंकन के बिदा न कइल जाई तबले न ई लड़ाई बन्न होई न मजूरन-किसान के पेट के अन्न आ तन के कपड़ा जुरी। (खेलावन अंगरेज सिपाही से बतियौलें फेनु उ कहले।)

अंगरेज सिपाही : जोंक नास हों।

सब : (एक साथ) जोंक नास हों, जोंक नास हों, जोंक नास हों।
(सब मिलि के गावतन्आ)

उठ उठु र तें मुख-बन्हुआ

उठु रे धरती के अभगवा

बा न्याव बजर घहरावत,

जनमत बढ़िया संसरवा,

पुरुबिज फेनु नाहीं बान्ही

उठरे अब नहिं तें बन्हुआ

नइ नेंव उठत बा जगवा,

ना रहले सब किछ हौइबे।

आ जुटहु संघतिया समुहें।

ई आखिरि बेर लड़इया ॥

(परदा गिरि जात-आ)

नोट्स